KB042259

# 용병 생활백서

# 용병생활백서 11

**초판 1쇄 인쇄일** 2016년 12월 24일 | **초판 1쇄 발행일** 2016년 12월 28일

**지은이** 주작 | **펴낸이** 곽동현 | **담당편집 팀장** 이범수
**편집부** 신연제 이윤아 홍현주 김유진 조서영

펴낸곳 (주)조은세상 | 출판등록 제2002-23호
주소 경기도 연천군 미산면 청정로1355
TEL 편집부 02)587-2966 | FAX 02)587-2922
e-mail bukdu@comics21c.co.kr

주작 ⓒ 2016
ISBN 979-11-5832-800-9 | ISBN 979-11-5832-500-8(set) | 값 8,000원

주작 판타지 장편소설

NEO FANTASY STORY & ADVENTURE

# 용병생활백서

## 傭兵生活白書

### 11

# CONTENTS

1. 성녀. … 7

2. 반려. … 51

3. 왕의 무덤. … 75

4. 기사. … 99

5. 흔적. … 145

6. 조우. … 191

7. 신성왕국. … 229

8. 프란트. … 287

용병생활백서

1. 성녀.

1. 성녀.

　레아-발람의 대표자이며, 유일하게 '아드레안'이라는 성을 사용할 수 있는 존재.

　[사이람!]

　대대로 '아드레안'이라는 성을 사용한다는 건, 검가의 전부나 다를 게 없다는 의미였고, 때문에 항상 아드레안의 주인은 많은 이들의 주목을 받는 게 당연시되어왔다.

　그래서일까?

　자연스럽게 가문은 그를 중심으로 흘러가는 형태로 굳혀져왔다. 이는 대대로 아드레안의 가주라는 자리가 지닌 위치며 역할이기도 했다.

　그 같은 이유로 레아-발람으로 복귀하며, 그 모습을

9

드러낸 사이람의 행보는 다시금 많은 이들의 이목을 끌 수밖에 없었다.

특히, 그 중에서도 유독 그를 주목하는 이들을 꼽으라고 한다면, 역시나 트로간 가문의 경쟁상대라 할 수 있는 다른 4대 가문을 들 수 있었다.

다시금 그들 가문이 아드레안의 중앙에 우뚝 서기 위해 서는 트로간이 아닌 사이람을 넘어서야 한다는 걸 아는 까닭이었다.

사실, 이전까지는 사이람의 본가인 트로간을 견제하는 것이 더 우선시 됐었다. 하지만 이 같은 구도가 한 '개인'에게로 넘어간 건, 사이람의 비밀 수련장에 새겨졌던 검흔을 읽고 난 이후부터였다.

이전에는 그가 비록 별의 영역에 올라 별빛을 품었다고는 하나, 그래도 충분히 감당할 수 있다고 여겼다.

트로간에 버서커라는 비밀 전력이 있듯, 그들 가문들도 각자 나름의 비밀전력들을 지니고 있는 까닭이었다.

하나의 가문만으로는 감당하기 어렵겠지만, 그들 나머지 4대 가문이 합심을 한다면, 충분히 해볼만하다고 여긴 것이다.

물론, 그렇다고 해서 반란을 일으켜 직접적인 대립으로 드러내고자 하는 건 아니었다. 세간의 이목이라는 게 있는 만큼, 레아-발람의 위치를 흔들지 않기 위해서라도 직접적인 움직임은 자제하는 게 좋았다.

은연중에 형성되는 구도만으로도 충분한 것이다.

헌데, 거기에 예상치도 못한 변수가 출현했으니, 그게 바로 사이람이 새겨놓은 검흔이었다.

각 가문의 주인들이 아직 별빛을 품지는 못했다지만, 기사들의 성지인 레아-발람을 터전으로 살아가는 이들인 만큼, 그들의 눈만큼은 별빛을 온전히 담아낼 수 있을 만큼 키워져 있는 상태였다.

그런 그들의 시야에 보고 있으면서도 눈에 제대로 담기지 않는, 그 같은 불가해한 영역의 검흔이 새겨진 것이다.

한 '개인'이 한 '가문'의 위엄을 오롯이 넘어서는 순간이었고, 그와 동시에 4대 가문의 어깨가 한껏 움츠러드는 사건이기도 했다.

당연하게도 그 주목도가 이전과는 다를 수밖에 없었다.

대륙 전역에서 발생하는 전쟁, 그리고 거기에 끼어있는 용병왕의 존재까지, 외부로 시선을 둬야 할 시기였지만, 그들 4대 가문의 주인들을 오로지 사이람 한명에게 집중 또 집중하고 있었다.

움츠러든 어깨의 간격만큼이나 더욱 신중하고 또 집요하게 사이람을 관찰하기 시작한 것이다.

헌데, 이런 4대 가문의 시선들을 비웃기라도 하듯, 사이람은 너무도 태연하고 또 느긋한 일과를 그들에게 드러내고 또 보여주고 있었다.

루드말 드라필만과 에던 운트라는 외부의 폭풍우가 머물다간 자리.

[드레이안!]

그곳에 사이람 아드레안이라는 새로운 폭풍이 내려앉은 것이다.

또 한 번 이해할 수 없는 상황이 발생했다.

"드레이안의 기사들을 지도한다고?"

프릭셀 기사단의 단장인 바드란은 도통 알 수 없다는 얼굴로 보고 내용을 읽어나갔다.

그도 그렇게 이전까지의 사이람과는 전혀 다른 행보를 보여주고 있는 까닭이었다. 복귀하던 당시의 모습에서 적잖은 변화를 느끼고는 있었지만, 용병왕과 드라필만의 주인을 의식한 일종의 연기라는 예상도 나왔었다.

하지만 이후로도 꾸준히 이어지고 있는 기행이 그 모든 변화들이 거짓이 아니라는 걸 느끼게끔 하고 있었다.

그 때문에 결국 바드란은 긴 고민 끝에 그 스스로도 이해할 수 없는 행동을 하고야 말았다.

축제와 같은 특별한 일이 아니고서는 찾는 일이 없던 드레이안에 직접 발길을 한 것이다.

[별의 영역!]

아드레안의 주인이 올랐다고 알려진 경지였다. 하지만 앞서 비밀 수련장에서 봤던 검흔을 통해, 어쩌면 그 너머의 영역에 발을 들였을지도 모른다는 생각을 하게 되었다.

말인 즉,

드레이안의 기사들은 별의 축복이 아닌, 그 이상으로 영광된 가르침을 받고 있다는 의미였다.

서로 이를 드러내며 알게 모르게 앙숙처럼 지낸다고 하지만, 결국 그 역시도 '기사'라고 불리는 존재이기에, 사이람의 '가르침'에 궁금증이 들 수밖에 없었다.

때문에 걸음을 한 것이고, 그렇게 볼 수 있었다.

"자네들…."

다른 가문의 주인들 역시도 그와 마찬가지로 드레이안에 걸음을 하고 있던 것이다.

보고서를 받은 뒤, 생각하고 또 고민하며 그렇게 내린 결정의 시간이 그들에게도 똑같이 작용했음을 깨달았다.

결론 역시도 같았음에 이렇게 한 자리에 모인 것이 아니겠는가.

각자가 나름의 변장을 했다고는 하나, 워낙 오랜 세월을 부대끼며 살아온 까닭에, 단번에 알아볼 수 있었다.

"참을 수가 없더군요."

이안드라의 단장 데세비트가 그리 말하며 먼저 드레이안으로 발을 들였고, 슬그머니 한 자리에 모인 다른 가주들 역시도 조용히 그 뒤를 따랐다.

바드란도 쓰게 웃으며 거기에 함께하고 있었다.

그렇게 드레이안 내부로 향하던 중, 바드란은 기이한 사실 하나를 깨달았다.

'트로간은?'

어찌 사이람의 본가인 트로간에서는 움직이질 않는단 말인가.

드레이안 내부로 들어가 이리저리 살펴보지만, 트로간의 부단장인 세인의 모습은 그 어디에서도 보이질 않았다.

틈틈이 트로간의 일원으로 보이는 얼굴들이 보이기는 했지만, 극히 제한적인 숫자가 전부였다.

언제나처럼 드레이안을 지키는 외성의 기사단 외에, 별도로 트로간에서 기사단을 내보내지는 않은 듯 보였다.

사이람이 아드레안의 주인이라고 불리지만, 트로간의 자존심으로 여겨지는 존재이기도 했다. 그들 가문의 대표자보다도 도 높이 여겨지는 게 바로 사이람의 위치였다.

그런 부분에서 생각해 봤을 때, 주변을 에워 쌓고 있는 트로간의 경계망이 생각 이상으로 옅다는 느낌도 받았다.

'…뭔가가 있군.'

생각은 딱 거기까지였다.

드레이안의 내부로 들어서고 그 안의 장관을 발견해 버린 까닭이었다.

"아…."

저도 모르게 나오는 탄성이 그의 감정을 표현해줬다. 이는 그뿐만이 아니라 앞서 발을 들였던 다른 가주들 역시도 동일한 심정이며 모습이었다.

앞서, 루드말 드라필만이 그러했듯, 사이람 역시도 무대 하나를 홀로 감당하며, 그 중앙에 서서 천천히 검을 휘두르며 한 판의 춤사위를 펼치고 있는 중이었다.

당연하게도 드레이안의 모든 기사들이 하던 일을 멈추고 거기에 집중하고 있었다.

덕분에 바드란을 비롯한 각 가문의 주인들은 더욱 빠르게 그 춤사위에 빠져들 수 있었고, 오래지 않아 그 안에 담긴 깊이에 전율하기에 이르렀다.

도저히 그들의 공부로는 가늠할 수 없는 심연을 들여다보는 기분에, 절로 몸서리가 쳐질 정도였다.

왠지 모를 절망감에 저도 모르게 고개를 돌리고 싶은 마음이 들었지만, 이상하게도 그 시선만큼은 사이람의 춤사위에서 벗어나지 못한 채, 집요하게 붙잡고 늘어지고 있었다.

드레이안의 기사들은 모를 것이나, 그들 각 가문의 가주들은 저 춤사위에 담긴 의미들을 잘 아는 까닭이었다.

비록, 그 깊이는 헤아릴 수 없지만 그 의미만큼은 모를 수가 없었다.

[아드레안의 정수!]

사이람의 춤사위에는 그들의 검가의 오랜 역사가 고스란히 새겨있었다.

각 동작과 흐름 속에 담긴 의미들을 잘 아는 까닭에 시선을 뗄 수가 없는 것이다.

결국, 그렇게 각 가문의 주인들은 그 깊이를 헤아릴 수 없는 춤사위 속으로 강제적으로 끌려들어가 버렸다.

❖ ✛ ❖

별의 축복을 한껏 만끽했던 까닭일까?

드레이안의 기사들은 전에 없이 뜨거운 열정으로 불타오르고 있었다.

때문에 그들은 루드말의 빈자리에 대한 공백을 크게 느낄 수밖에 없었다. 그가 보여주고 또 지도해주던 가르침이 그들에게는 실로 가문의 단비와 같아, 그들의 성장에 발판을 마련해줬던 까닭이었다.

사이람은 그들의 이 같은 열정과 갈증을 느꼈기에, 과감히 드레이안의 흙바닥에 엉덩이를 걸치고 앉았다.

저들이 원하는 별의 축복을 내려주고자 한 것이다. 하지만 오로지 드레이안의 기사들만을 위해 루드말의 빈자리를 채워 준 건 아니었다.

'슬슬, 움직일 때가 됐는데….'

그의 지도 소식을 듣고 찾아올 방문객들을 기다렸다. 아니나 다를까. 오래지 않아 목표로 하던 이들이 찾아드는 걸 느꼈다.

각 가문의 가주들이었다.

그가 이곳에 자리를 잡은 1차적인 이유가 드레이안의

기사들이라면, 2차적인 목표는 바로 저들 아드레안의 기둥들에게 있었다.

저들이 이미 수련장의 검흔을 본 뒤, 몸이 바짝 달아있음을 알았기에, 그의 지도 소식을 듣게 되면 제 발로 찾아오게 될 거라고 여겼다.

그리 확신할 수 있었던 이유라면 간단했다.

[기사!]

각 가문의 수장으로써 이래저래 정신없이 머리를 쓰느라 그 본질에서 여러모로 벗어나고 있다고는 하나, 저들의 뿌리가 어디에 있는지 잘 아는 까닭이었다. 그는 준비했던 대로 아드레안 정수를 춤사위 속에 풀어냈다.

심오한 공부였으나 각 가문을 대표하는 저들이라면 충분히 받아들일 수 있을 거라 여겼다.

물론, 당장 이해하기는 어려울 것이다. 그만큼 헤아릴 수 없을 정도의 깊이가 거기에 담겨있는 까닭이었다.

하지만 그럼에도 불구하고 저들은 이 춤사위를 잊지 못할 것이다.

'이게 옳으니까!'

기나긴 세월, 트로간 가문은 저들 가문들에게 꾸준히 '악의'를 심어왔다.

그건 버서커라 불리는 그들 연구 성과의 일부이면서, 동시에 전부이기도 한 것이었다.

아드레안의 다섯 기둥은 오랜 세월 꾸준히 교류하고 또

서로의 공부를 나누면서, 경쟁과 성장의 채찍질을 서로서
로 휘둘러왔다.

그런 의미에서 아드레안의 주인이 나온 가문은 언제나
다른 기둥들의 표적이 되고는 했다.

집요하게 검가주의 가문을 파고들며 그들의 공부를 흡수
하려 드는 것이다.

트로간은 이 같은 흐름 속에서 버서커의 공부를 나머지
4대 가문에 흘려보냈고, 긴 세월 꾸준히 그렇게 4대 가문
에 새겨 넣었다.

저들은 그도 모르고 꾸준히 오랜 세월동안 독버섯을 삼
켜온 것이다.

때문에 지금이 춤사위를 저들은 놓치지 못할 터였다.

[해독제!]

그가 지금 펼쳐 보이는 검공은 버서커의 악의가 담기지
않은, '거짓'이 없는, 가장 아드레안 다운 공부의 정화인
까닭이었다.

저들이 이를 조금이라도 이해하게 된다면, 버서커의 악
의, 광기를 뽑아내는데 도움이 될 것이다.

아쉬운 게 있다면 적잖은 시간이 필요할 거란 점이었다.

그의 공부를 일부나마 이해할 시간, 이를 그들 가문에 새
겨 넣을 시간, 그리고 그 정화작용이 아래로 흘러내려갈 시
간까지, 단기간에 이뤄질 수 있는 계획은 아니었다.

하지만 그의 능력으로도 여기까지가 한계였다.

'어쩔 수 없지….'

직접적으로 나서서 치료를 해 주고 싶어도, 마땅히 그가 할 수 있는 게 없었다. 이처럼 간접적으로 손을 쓰는 게 그의 한계였다.

그나마도 버서커들과 달리, 저들이 삼킨 독버섯 역시도 간접적으로 흡수되었기에, 여기까지라도 할 수 있는 것이기도 했다.

'그 친구라면… 달랐을지도 모르겠군.'

자연히 떠오르는 얼굴 하나가 있었다.

'도와달라고 할 걸 그랬나?'

이내 욕심이라며 고개를 흔든 그가, 다시금 춤사위에 몰두해 들어갔다.

❖ ⁜ ❖

그의 소식이 알려지기 전에, 이미 일찌감치 그 행보를 지켜보고 있었다.

때문에 모를 수가 없었다.

'변했다!'

그들 가문의 자랑거리가 과거와 다름을 알았다.

기껏해야 한 계절도 채 지나지 않은 짧은 기간이었건만, 그 사이에 전혀 다른 사람이 되어서 돌아온 것이다.

'사이람 아드레안….'

믿기 어려운 이야기였지만 믿지 않을 수가 없었다.

복귀한 그와의 만남에서, 세인은 사이람의 얼굴에서 변화를 먼저 읽어냈고, 그 순간부터 불안감을 느껴야만 했다.

기이한 낌새에 일찌감치 그의 뒤를 밟았던 터라, 다른 누구보다도 빠르게 사이람의 춤사위를 볼 수 있었다.

그에 전율하고 또 경악했다.

'…독이다!'

바라보는 것만으로도 미치게 하고 또 빠지게 하는 춤사위에서 두려움을 느꼈다.

이유인 즉,

'버서커의 기운이 흔들린다.'

그들 트로간이 타 가문에 버서커의 광기를 흘렸듯, 그들 가문의 일원들 역시도 버서커의 광기가 잘 스며든 연공법을 익히고 있었다.

물론, 전문적으로 실험되고 또 양성된 버서커들에 비한다면야 그 기운에서 부족함이 있겠지만, 중요한 건 그들 역시도 버서커의 흐름을 품고 있다는 점이었다.

그러한 의미에서, 세인 역시도 그 같은 공부를 배우고 익혔으며 광기를 쌓아온 상태였다.

비록 버서커들에 비한다면 모자라겠지만, 가문을 대표할 만한 자리에 있는 만큼, 그 순도 역시도 제법 높았다. 때문에 사이람의 춤사위에 민감한 반응을 보일 수 있었다.

물론, 이 같은 춤사위가 버서커들에 직접적으로 작용하지는 않을 거라 여겼다.

사이람이 보여주는 저 춤사위는 철저히 아드레안의 검공을 익힌 이들에게만 발휘될 것임을 아는 까닭이었다.

버서커들도 아드레안의 것을 익히기는 했으나, 그들은 말 그대로 외형만을 배웠을 뿐이기에, 그들에게는 전혀 문제되지 않을 부분일 것이다.

하지만 그들 버서커를 제외한 나머지에게는 '독'과 다를 게 없었다.

물론, 생각하기에 따라서는 저 공부야말로 진정한 치료제일 것이지만, 그들 트로간에 있어서는 분명 독으로써 작용할 터였다.

이해할 수 없는 행동에 그를 바라봤고, 마침 그 순간 춤사위를 끝낸 그와 시선이 닿았다.

동시에 상황을 납득할 수 있었다.

'그는… 우리를 배신했다!'

세인은 사이람의 마음을 읽어냈고, 일찌감치 등을 돌려 드레이안을 나섰다.

'용병왕….'

갑작스런 사이람의 변화에는 분명 그의 존재가 깊게 끼어있을 거라 여겼다. 속이 쓰렸다. 오랜 세월을 함께해오면서, 친 형제처럼 지내온 사이기에, 더욱 그의 결정과 현 상황이 안타까웠다.

사실, 사이람은 그의 친 형제는 아니었다. 애초에 버서커로 선택된 이들 대부분이 그러했다.

전대 가주의 아이들 중 그곳에 뽑혀가는 건, 극히 선택된 아이들 뿐이었다.

유령왕이 직접 만들어 하사한 마도구를 통해, 광기의 재능이 허락된 이들만이 버서커의 실험을 받는 것이다.

가문의 정통한 혈족이 아니라, 방계에 속한 이들 중에서도 재능이 뛰어나다면 얼마든지 버서커의 일원으로써 받아들여 지고는 했다.

어찌 되었건 이러한 이유로 인해, 세인과 사이람은 친 혈육은 아니었다. 단지 같은 혈족의 일원일 뿐인 것이다.

하지만 버서커로써 그 압도적인 재능을 인정받고, 가주의 혈육으로 소개되었고, 그렇게 후계자로 모습을 드러낸 뒤, 오랜 세월을 함께하며 형제로써 지내왔다.

물론, 그 재능을 시기하며 질투하고 경쟁심이란 걸 일으키면서 때로는 적대심을 키우기도 했지만, 그 세월이 세월인 만큼 어느새 모났던 감정은 둥그러지고, 서로를 형제처럼 여기는 마음이 제법 크게 쌓여진 것이다.

때문에 더욱 안타까운 것일지도 몰랐다.

'이제라도 마음을 돌리라고 할 수는… 없으려나.'

사이람이 복귀한 뒤, 함께한 건 비록 짧았지만 그의 결심을 전달받기에는 충분한 시간이었다.

그렇다면 그의 선택을 받아들이며, 그 역시도 다가올 악몽을 대비해야만 할 터였다.

'에던 운트… 그에게도 좀 더 신경을 쓰고 싶지만.'

상황이 이래서야 버서커의 복수 같은 건 신경도 쓸 수가 없을 듯싶었다. 당장 내부의 문제로 말썽이니 만큼, 일단 그에 관한 문제는 뒤로 미뤄둘 수밖에 없었다.

'칠성좌와 암전 측에게 맡겨야겠지.'

물론, 아무것도 안 하기에는 버서커들의 희생이 너무 컸기에, 트로간을 대표하는 위치에 있는 만큼, 마냥 내버려두기도 어려웠다.

'그놈들과 손을 잡는 건 싫지만….'

마음에 들지는 않으나 칠성좌에 그들 트로간의 전력 일부를 투입할 수밖에 없는 상황이었다. 개인적인 불만은 뒤로 할 때였다.

1차적으로는 용병왕을 목표로 움직이는 것이겠지만, 짐작컨대 칠성좌의 전쟁에도 2차적인 작용을 할 거라 여겼다.

아드레안의 심장부를 지탱하는 기둥으로써, 그는 지니고 있는 힘의 크기를 잘 알고 있었다.

때문에 그의 이 같은 결단으로 인해, 대륙의 흐름이 또한 번 비틀릴 것임을 알았다.

'굳이… 에던 운트를 찾아가지 않더라도, 이렇게 상황을 몰아가다 보면, 결국 그가 스스로 찾아오게 되겠지.'

칠성좌에게 힘을 빌려주는 건 그와 같은 상황을 만들고

또 대비하기 위함이었다.

뿐만 아니라 사이람으로 인해 아드레안 내부에 집중해야
하는 상황인 만큼, 부족한 전력은 칠성좌에서 보충하기 위
함이기도 했다.

그리고 딱 거기까지였다.

'지금 중요한 건 그게 아니니까.'

반란 아닌 반란을 감당해야 하기에, 용병왕에 대해서는
딱 거기까지 생각하고 더는 신경을 쓸 생각이 없었다.

'사이람 아드레안….'

일단 지금은 그에게 먼저 집중해야 할 때였다.

'…트로간을 버리고자 한다면.'

먼저 버려질 수도 있음을 알려줘야 했다.


❖ ✛ ❖


비록 한정된 공간을 벗어나지 못한 채, 그렇게 일상을 살
아가고 있다고는 하나, 그럼에도 불구하고 오라비의 소식
을 듣는 건 문제가 없었다.

[용병왕!]

워낙 그 유명세가 남다른 인물이다 보니, 왕국의 국경을
넘어 각 대륙의 경계까지 벗어난다 하더라도, 오라비의 소
식만큼은 언제든 생생히 전해들을 수 있었다.

지금도 그랬다.

레아-발람, 아드레안, 사이람….

무수히 많은 이야기가 오라비의 이름과 함께 흘러들며 그에 대한 걱정을 일부나마 덜게 해 주고 있었다.

물론, 워낙에 험한 일을 하기에, 거기에 따른 걱정이 이는 건 어쩔 수가 없으나, 그 소식이 전달되지 않음에 찾아드는 걱정은 줄일 수 있었다.

그리고 이 같은 소식들을 듣고 있노라면, 새삼 오라비의 능력에 대해 감탄할 수밖에 없었다.

'얼마나 힘들었을까….'

저 같은 위치에 오르기까지 오라비가 했을 고통을 떠올리면 괜스레 안쓰럽고 짠한 마음이 들었다.

용병왕이라 불리며 영광된 자리에 앉아있지만, 아무것도 없는 맨손으로 저 험한 세계에 뛰어들어, 맨땅에 들이받으며 입었을 상처들이 얼마나 많겠는가.

당장 눈으로 보이는, 겉으로 드러난 상처들도 절로 안타까운 마음을 불러일으키건만, 그 내부에는 또 얼마나 많은 고름이 져 있겠는가.

아무것도 모른 채, 그런 오라비를 원망하고 또 미워만 했던 과거의 자신으로 인해, 오라비의 소식이 들려오면 미안한 마음이 겹쳐, 괜히 눈시울이 붉어지고는 했다.

특히, 오라비의 도움으로 다시금 건강을 찾고, 좋은 사람을 만나 새로운 출발을 할 수 있었음에, 더욱 오라비의 존재가 눈물샘을 자극하는 걸지도 몰랐다.

그렇잖아도 가슴을 먹먹하게 만드는 이름이건만, 최근 들어서는 유독 그 소식이 가슴을 두드리는 것 같았다.

이유라면 잘 알고 있었다.

산처럼 부른 배를 어루만지는 그녀의 손길에 온기가 가득했다.

'아가…'

출산일이 다가오고 있음에, 더욱 오라비의 얼굴이 그리워지는 것이다. 한때는 부모님의 역할을 대신했던 오라비이기에, 덧없던 원망이 사그라지고 나자, 자연히 과거의 그 아린 기억들이 차오른 것이다.

지금껏 두 아이를 낳았지만, 단 한 번도 누군가와 함께했던 적이 없었다. 홀로 외로이 꿋꿋이 낳아서 길렀던 것이다.

먼 곳에 있는 부모님의 얼굴이 아른거리기도 했지만, 그래도 찾아갈 수 없었고, 좋지 못한 상황으로 인해서 소식을 알리기도 어려웠다.

하지만 지금은, 이번만큼은 달랐다.

지난 아픈 사람과 달리, 그녀를 아끼고 사랑해주는 남편이 함께하고 있었고, 거기에 더해 오라비의 온기도 함께 머무는 중이었다.

과거라면 이 정도로도 차고 넘치기에, 만족하며 기뻐했을 것이나, 왠지 이번만큼은 여기서 좀 더 욕심을 부리고 싶었다.

'오빠….'

기왕이면 오라비가 직접 곁에서 그녀를 다독여줬으면 싶었다.

하지만 진정 욕심이었을까?

"끄흐으으으읍…."

진통이 시작되고 뱃속의 아이가 세상을 향한 여정을 준비하고 있건만, 여전히 오라비의 모습은 보이지가 않았다.

부모님을 대신해 오라비의 얼굴이 그리웠지만, 아이를 위해서라도 개인적인 욕심을 버려야만 했다.

그렇게 기나긴 밤이 지났다.

칠흑빛으로 물들었던 하늘이 거뭇하니 변화를 일으키고, 어느새 저 멀리서 동이 트며 새 아침이 밝아올 무렵, 드디어 기다리던 외침이 터져 나왔다.

"응애~ 응애…."

이미 두 아이를 낳았던 경험이 있다지만, 그런 것과는 무관하게 출산이라는 건 언제나 어려운 법이었다.

게다가 건강이 좋아졌다고는 하나, 일반인에 비한다면 여전히 부족함이 있던 까닭에, 그 여정은 그야말로 긴 고행의 길을 연상시킬 만큼, 고되고 힘겨울 수밖에 없었다.

전신이 땀으로 범벅이 되고, 잇몸이 흔들리며 핏물이 숨소리에 적셔질 즈음, 문득 그녀는 자신의 얼굴을 쓰다듬는 따스한 온기를 느꼈다.

"…고생했다!"

흔들리는 음성과 그 이상으로 떨리는 손길 속에서 익숙한 향기를 맡았다.

'아….'

어느새 도착한 것일까?

오라비가 물기어린 얼굴로 그녀를 바라보며 어설피 미소짓고 있는 게 보였다. 언뜻 울 것만 같은 그 모습에 왠지 모르게 웃음이 나와 버렸다.

"오빠도 고생 많았어!"

지난밤의 여정으로 인해 쉬고 또 갈라지는 음성이었지만, 그래도 그처럼 또렷이 그 마음을 전하며, 얼굴 위로 머무는 온기를 양손가득 머금었다.

❖ ✙ ❖

소식을 들은 건, 어느새 밤이 깊었을 무렵이었다.

"뭐? 벌써?"

화들짝 놀라야만 했다. 어찌 안 그렇겠는가.

"출산까지는 시간이 좀 더 있을 줄 알았는데… 끄응!"

여동생이 진통을 시작했다는 소식이었다. 당연히 놀랄수밖에 없었다. 때문에 황급히 하던 일을 멈추고 내달렸다.

에던의 질주는 그렇게 시작됐다.

마음만 먹는다면 반나절이면 충분히 돌파할 수 있는 거리였지만, 이미 진통을 시작한 이상 한시가 촉박했다.

전혀 불가능한 거리라면 모를까, 얼마든 닿을 수 있는 거리였기에, 주저 없이 달리고 또 달렸다.

그나마도 소식이 전해지던 시간을 고려해 봤을 때, 자칫 시간이 부족할 수도 있을 거란 예감이 들었다.

별빛 너머에 오른 그로써도 한계를 떠올리게 만들 만큼, 전심전력으로 뛰고 또 내달렸다.

그 와중에도 행적을 감춰야 한다는 생각은 있었기에, 평탄한 평지가 아닌, 산맥 하나를 쭈욱 돌며 질주할 수밖에 없었다.

오랜만에 숨이 턱까지 차오를 만큼 지친다는 경험을 한 채, 아슬아슬하게 검술원으로 돌아올 수 있었다.

만에 하나의 사태를 대비하고자, 여동생 가족을 검술원에서 생활하게 조치를 한 상태였기 때문이었다.

"응애~응애…."

다행이라고 해야 할까?

검술원에 발을 들리고 여동생의 방 앞으로 도착할 즈음, 우렁찬 외침이 터져 나온 것이다.

탄생의 순간에는 늦지 않은 것이다.

"후우…."

숨을 고르고, 산길을 내달리며 지저분해진 옷매무새를 정돈했다. 그렇게 잠시 기다릴 즈음 드디어 기다리던 방문이 열렸다.

산파가 여동생의 남편인 베른에게 태어난 아이를 보여줄 때, 그는 먼저 여동생에게 다가갔다.

부모님께서 계셨더라면 하셨을 말씀 그리고 행동들을 대신하기 위함이었다.

"…고생했다!"

그 한마디를 전하기가 어찌나 힘겨웠던지, 눈시울이 붉어지며 손끝이 떨려오고 있었다.

"오빠도 고생 많았어!"

여동생이 힘겹게 전해오는 그 한마디에 어색하게 흔들리던 미소가 더욱 울상이 되어야만 했다.

❖ ✤ ❖

세든 렐트와 레아 렐트!

제니스의 셋째아이를 위해 준비된 이름이었다. 아들이면 세든 딸아이면 레아를 사용하기로 한 것이다.

"예쁜 공주님이에요."

그리고 산파의 그 같은 이야기와 함께, 레아가 아이의 이름이 되었다.

언제나 죽음을 곁에 두고 살아왔던 까닭일까?

한 생명의 탄생을 목격하는 건, 에덴이나 베른 둘 모두 처음이었기에, 귀한 유리세공품을 다루기라도 하듯, 그들 두 사내는 아이를 제대로 안아들지도 못했다.

물론, 시간이 흐르면서 제법 모양새가 나오게 아이를 품에 안을 수 있었지만, 여전히 어색함과 조심스러움이 공존하는 태도는 진하게 남아있었다.

이런 두 사내와 달리, 아이의 오라비인 토드는 제 동생이 생겼다는 기쁨 때문일까?

조금은 거칠게 아이를 대하고는 했다.

"헤헤… 내 동생!"

매 순간순간 레아를 안고 또 쉴 틈 없이 뽀뽀를 하려 들면서, 그야말로 무한한 애정을 표현하는 것이다.

아이들 특유의 거침없는 움직임에 두 사내는 매번 놀라야 했지만, 그것이 진한 애정으로 인한 행동임을 알기에, 제지하기 보다는 따뜻한 눈빛으로 지켜볼 뿐이었다.

물론, 그들이 봤을 때에도 과하다 싶을 때도 있었지만, 그럴 때면 첫째로써의 위엄을 발휘하듯, 리아가 나서며 토드를 말리고 또 제대로 된 방향성을 제시해 주는 까닭에, 굳이 어른들이 나설 필요가 없었다.

이래저래 흐뭇해지는 광경이었다.

하지만 그런 풍경을 마주하면서도, 에던은 드문드문 안색을 굳히며 아이를 바라봐야만 했다.

이유인 즉,

'끄응… 축복이 쉽지 않겠는데….'

생각지도 못한 변수라고나 할까?

'설마, 여자아이일 줄이야.'

지금까지 너무도 당연하게 사내아이를 생각하고 있었음을 깨달은 순간이기도 했다.

그라넥을 통해서 나름 축복에 대해 공부를 했다고는 하나, 아직 축복이라는 것에 통달할 정도의 수준은 아니었다.

뿐만 아니라 지금껏 축복을 내려 봤던 건, 그라넥과 베텐단 둘밖에 없었다.

성인과 아이라는 차이에 더해, 남성과 여성이라는 차이까지 추가된 것이다. 여러모로 골치가 아픈 상황이었다.

물론, 초반부터 이 같은 생각을 했던 건 아니었다.

하지만 축복을 내리기 위해, 아이의 몸 상태를 살피던 중, 남자아이와 여자아이는 미묘한 차이가 있음을 알게 되었고, 그로 인해서 고민하게 된 것이다.

크게 신경 쓸 정도는 아닐지도 모르겠지만, 처음으로 마주하는 새 생명의 숨결은 그로 하여금 색다른 두려움을 선사한 것이다.

섣불리 손을 댈 수가 없다고나 할까?

앞서 언급되었듯, 피와 살을 가르던 그 손으로 축복을 논한다는 게 새삼 낯설고 어색하게 느껴진 것이다.

어쩌면 그 같은 부분 때문에 더더욱 아이를 만지는 걸 두려워하게 된 걸지도 몰랐다.

하지만 세계수의 은총을 기준으로 봤을 때, 적어도 일백일 안에는 축복을 새기는 게 좋았고, 거기에 더해서 한 번에 끝내는 게 아닌, 장기적으로 일백일의 시간을 잘 활용해가며, 꾸준히 연속적으로 기운을 불어넣어 줄수록 효과가 좋다고 들었다.

특히, 아이가 태어난 순간부터 시작하는 게 최상이라고 한 만큼, 마냥 두려움에 떨고만 있어서는 안 될 일이었다.

"후우⋯."

때문에 결심하며 각오를 굳혀야만 했다. 그렇게 어렵사리 아이와 마주하는 자리를 만들 수 있었다.

'일단, 조금씩⋯ 천천히⋯ 살짝⋯ 조심스럽게⋯.'

연신 머릿속으로 그 같은 생각들을 되뇌며 에던은 레아를 안아들었다.

품 안에서 기분 좋게 잠을 청하는 아이의 모습에 살짝 안심이 되는 부분이 있었다. 그 같은 감정에 가슴을 달래며, 그렇게 조심스럽게 품 안으로 기운을 흘려보냈다.

드레이안에서 기사들에게 보여주기 위해 모으고 또 펼쳤던 기운, 생의 기운이며 삶의 활력소와 같았던 그 밝고 맑은 기운과 흐름을 떠올리고 또 일으켰다.

어둔 기색은 단 한 줌도 허락하지 않겠다는 듯, 극한의 정신력을 발휘하며, 섬세하게 기운을 일으키고 다루며 아이에게 비췄다.

그 순간 아이의 입가에 미소가 그려지는 게 보였다.

마치 따스한 엄마의 온기 속에서 잠을 청하기라도 하는 듯, 기분 좋아 보이는 미소였고, 이 같은 표정이 에던의 불안감을 더욱 걷어내 줬다.

아이의 저 기분 좋은 미소가 깨어지지 않도록, 그렇게 조심스런 손길 속에서 축복이 발현되었다.

❖ ✛ ❖

그건 마치, 처음 오러를 각인하던 당시의 황홀경을 다시금 경험하는 느낌이었다.

새로운 시작을 알리는 것 같다고나 할까?

황혼으로 접어드는 시기에 다시금 청춘의 활력을 떠올리게 될 줄이야.

'허어… 축복이라고 하더니.'

그 말이 결코 허언이 아니라고 여겼다.

사실, 이 정도로 과장될 만큼 극적인 변화가 있던 건 아니었다. 조금 더 기분이 나아지고, 미묘하게나마 육신의 움직임이 부드러워지고, 뼈마디의 아림이 이전보다 잦아든 정도일 뿐이었다.

하지만 그 작은 변화만으로도 더 나아질 수 있다는 가능성을 느꼈고, 에던의 이야기가 거짓이 아니었음을 알았기에, 본연적인 활력이 일어날 수밖에 없었다.

이게 끝이 아닌 시작이라는 점에서, 많은 부분 기대가 되는 것이기도 했다.

그간 쌓아올린 경험과 실력들이 과거, 청춘의 활력 위에서 새로이 펼쳐지게 된다면, 또 어떤 풍경이 그를 기다리고 있을지.

상상만으로도 즐겁고 또 흥겨웠다.

가장 눈에 띄는 변화라면, 역시나 기상시간에 발생하는 피로감이었다.

평상시라면 아침에 눈을 뜨고 자리에서 일어나는데 적잖은 시간이 소요되고는 했다. 몸이 무거운 까닭이었다.

특히, 젊을 적 업계를 구르며 마모된 육신은 더욱 괴로움을 호소하고는 했다.

하지만 에던과의 시간이 있고 난 이후부터는 조금이나마 더 상쾌한 기분으로 자리에서 일어날 수 있었고, 즉각적으로 일상에 들어갈 수 있는 상태도 유지되었다.

부작용?

앞서 자신한 바 있듯이, 그런 건 전혀 없었다. 하나부터 열까지 죄다 마음에 드는 것들뿐이었다.

'아… 전혀 없는 건 아닌가.'

민망하게도 어느 순간부터 기지개를 피지 않던 분신이 아침이면 빨딱빨딱 기상을 한다는 점이었다.

부작용인 듯 아닌 듯, 그런 기묘한 변화였다.

물론, 민망한 와중에도 괜스레 미소가 지어지는 그런 변화이기도 했다.

그래서일까?

평소보다 기운 넘치는 모습으로 하루를 보내게 되었고, 자연스레 다른 용병들의 이목을 끌 수밖에 없었다.

"아니, 뭐 좋은 거라도 드셨습니까?"

"갑자기 펄펄 날아다니네. 어휴~!"

"회춘이라도 하셨소?"

하나같이 그 같은 말을 하면서 고개를 절레절레 저을 정도였다.

에던과 한 차례 결전을 벌이고 난 뒤, 이곳이 일반적인 마을이 아니라 계획적으로 세워지고 운영되는 마을이라는 걸 알게 되었다.

그 때문일까?

용병들은 더 이상 정체를 숨기려 하지 않았다.

이전에야 이곳이 평범한 마을이라 여겼기에, 수련을 비롯한 개인적인 시간들을 자제했었지만, 진실을 알게 된 지금은 더는 그럴 필요가 없음을 알게 된 것이다.

그런 이유로 용병들은 주변인의 신경 쓰지 않은 채, 수련을 하거나 각자 대련을 하고는 했는데, 사실 여기에는 에던과의 결전의 영향도 적잖게 있었다.

이전이었다면 이곳이 계획적으로 세워진 장소라고 할지라도, 이 정도까지 열정적으로 수련을 하지는 않았을 것이다.

하지만 에던과의 결전 이후, 그들은 각자 나름대로 깨닫는 바가 있었음에, 이를 놓치지 않기 위해서라도 수련을 멈출 수가 없었다.

당시 기억을 되살리며 토론을 나누는 이들도 많았지만,

대련을 통해 이전이 실전감각을 되새기는 이들 역시도 적지 않았다.

베덴은 그 와중에 자신의 활력을 십분 자랑하고는 했는데, 때문에 용병들은 그의 변화를 의아하게 여기면서도, 점차적으로 그의 실력을 인정하는 분위기를 굳혀가는 중이었다.

이는 에던이 바라던 이상적인 흐름으로써, 베덴이 이 무리에서 무게감을 지니길 바랐던 그 이상적인 구도가 완성되어가고 있었다.

물론, 그렇다고 해서 베덴에게 이들을 이끄는 수장의 역할을 부탁하거나 한 건 아니었다.

베덴 스스로도 그 같은 역할은 거부했고, 에던도 아직까지는 좀 더 지켜봐야 할 부분이라며 이에 관해서는 언급을 자제하기도 했었다.

그러면서도 혹여 그 역할에 괜찮은 이가 보이면 언제든 이야기를 해 달라는 이야기를 슬쩍 건네기도 했다.

이 같은 의미에서, 베덴은 최근 들어 조금쯤 눈에 띄는 사내가 있다는 걸 깨달았다.

스스로도 왜 그 같은 생각이 드는 것일까 싶을 정도로 의외의 인물이었는데, 다름 아닌 에던과 함께 이곳에 도착했던 사내.

그라넥 프릭셀!

바로 그의 존재가 유독 인상적으로 시야에 담겨들고 있던 것이다.

"한 수 가르침을 청합니다!"

"한 수 가르침을 청합니다!"

저와 같은 외침을 수시로 던져대며, 용병들에게 주저 없이 고개를 숙이는 그 모습이 일단 첫 번째로 인상적이었다.

거기에 더해 진지하게 배우는 자세가 또 한 번 시선을 사로잡고, 마지막으로 예를 잃지 않는 태도에서 그 동공이 고정되어 버리는 것이다.

재미있는 건, 가르침을 청하며 배우는 상황이건만, 그 시간이 끝날 즈음에는 가르치던 이가 오히려 깨우치는 모양새가 자주 비쳐든다는 점이었다.

[여러분에게 강자의 공부를 가르치려고 데려 왔어요.]

에던은 그 같은 이야기를 하며, 그라넥은 그들의 선생 역할로 자리하게 할 생각이라고 했었다.

하지만 그에 대한 방법은 이야기를 하지 않았었는데, 그라넥이 하는 모습을 보고 있노라면, 가르치면서 배우고 또 그러면서 가르치는 건 아닐까 싶은 생각이 들었다.

그 때문일까?

'제법… 인정을 받고 있단 말이지.'

용병들을 비롯하여 귀족가의 후예들까지, 알게 모르게 아드레안이라는 이름에 짓눌리는 느낌이 있었다.

때문에 더욱 그라넥을 배척하며 외면하려 들 거라고 여겼다. 실제로 초반에는 그 같은 모습이 보이기도 했다.

하지만 그라넥이 먼저 고개를 숙이며 다가가자, 조금씩

그 마음의 빗장이 열리기 시작했고, 겨우 일주일 남짓의 시간 만에 상당수의 용병들이 그에게 옆자리를 허락하기에 이른 것이다.

'…보통이 아니야.'

본인 스스로의 처세술 자체도 뛰어났지만, 그보다는 진심을 담아 움직이는 태도가 가히 일품이었다.

그 역시도 몇 차례 대화를 나누고, 다른 용병들처럼 가르침의 시간도 가져봤기에, 더욱 그 같은 태도를 잘 느낄 수 있었다.

[아드레안에서 쫓겨난 놈입니다.]

에던에게 들었던 그라넥의 정보가 떠올랐다.

'그리고 보니… 귀족 반푼이 놈들과 제법 잘 어울리던 것 같은데.'

용병들과도 문제없이 잘 지내고 있지만, 거기에 더해 귀족가의 후예들과도 제법 잘 어우러지던 게 생각났다.

'흐음….'

저 멀리 그라넥의 모습을 지켜보는 베덴의 눈매가 가늘게 접혀졌다.

'그리고보니… 기사를 하다가 용병계로 아예 넘어오는 놈들도 제법 있었지.'

그라넥을 향한 눈빛에 묘한 이채가 맴돌고 있었다.

처음 들었을 당시에는 이해할 수가 없었다.

'나보고 저들을 가르치라고?'

하지만 거기에는 다 이유가 있을 거라 여겼다. 이미 '그'를 따라나서며 그에 대한 의심은 거두기로 결심하지 않았던가.

그 고된 여행길을, 고행길을 떠올릴 때면 의심보다 일단 믿고 싶다는 마음이 더 커지기도 했다.

때문에 그를 믿으며 '그들'을 가르치기 위해 움직였다.

"한 수 가르침을 청합니다!"

하지만 속마음과는 달리, 배우는 자세를 고수하며 다가 갔다. 물론, 거짓으로 배울 생각도 아니었다.

[그들에게 배워봐!]

약자를 위한 공부라면 그들이야말로 최고의 교본이라고 도 이야기 했었다.

말인 즉, 가르치면서 배우기도 하라는 뜻이었다.

당연하게도 아쉬움이 있을 수밖에 없었다. 그도 그렇게 '그'의 공부를 배우고자 따라나선 것이기 때문이었다.

약자의 공부라고 표현하면서도 좀 더 정확히는 '그'가 보여줬던, 이상과 환상의 경계에 걸쳐진 그 검술을 배우고 싶은 까닭이었다.

하지만 따르기로 했다.

[용병왕!]

무려 '왕'이라 불리는 사내의 지시였다. 앞서 언급하였
듯 의심할 생각이 없었다. 거기에는 다 그만한 이유가 있을
거라 믿었다.

그렇게 가르침을 청하고 또 배움을 나누기를 얼마나 했
을까.

오래지 않아 그의 뜻을 작게나마 이해할 수 있었다.

[약자를 위한 공부!]

그들에게는 진정 그와 관련한 가르침들이 수두룩했던 것
이다.

일단 관점에서부터 남다른 차이를 보였다.

"살아남는 것! 언제나 그게 첫 번째다!"

"뒈지면 끝이야. 복수도 살아있어야 할 수 있는 거다!"

"개똥밭을 굴러도 이승이 낫다더라."

어딘가의 격언까지 끌어들이며 그들이 언급하는 건 하나
였다.

[생존!]

아드레안의 정신과는 전혀 달랐다.

[명예!]

그들에게는 항상 그 같은 단어가 명패처럼 따라다녔다.

[죽는 순간에도 검을 놓치면 안 된다!]

그처럼 말하는 게 아드레안이었다. 하지만 이들은 전혀
달랐다.

41

"이가 없으면 잇몸이다. 검이 문제면 던져버려!"

생존이야말로 최우선이었다.

"흙을 뿌려!"

"치사해도 좋아. 이겨야지. 살아야지!"

"전장에 더러운 건 없는 거야. 애초에 전장이야말로 더
러움 그 자체인데, 명예? 개소리도 가지가지다. 전장에서
그런 헛소리를 하는 놈이 있으면, 일단 관뚜껑이나 먼저 짜
고서 오라고 해."

그들은 전혀 달랐다.

관점 자체가 다르기 때문일까? 함께 이야기를 나누는 것
만으로도 많은 공부가 되는 기분이었다.

물론, 아드레안의 일원으로써 나고 자란 그에게 있어서,
저들의 생각은 거부감이 들 수밖에 없었다.

하지만 에던을 믿고 그의 뜻을 이해하고자 노력하며, 저
들의 가르침 역시도 받아들이려 했고, 이를 위해서 그간 고
정되어 있던 관념들을 하나하나 깨어나가다 보니, 저절로
공부가 되고 사고관이 넓어지는 기분이었다.

여전히 저들을 완전히 이해하기는 어려웠다. 이제 겨우
일주일 남짓의 시간이 흘렀을 뿐이기에, 벌써부터 그 정도
의 욕심을 바라는 건 무리였다.

하지만 그간 노력이 무색하진 않았던지, 거부감이라 여
겨지던 느낌을 상당부분 지워낼 수 있었고, 더욱 진심으로
그들의 가르침을 청하는 것 역시 가능해졌다.

이전까지는 에던을 향한 믿음으로 인해 우러나오던 진심이었다면, 지금은 한층 순수하게 그들을 향한 진심을 내비칠 수 있게 된 것이다.

나름 처세술이라 할 수 있는 행동이었지만, 결코 어색하거나 하진 않았다.

약자로써 태어나 아드레안의 일원으로 살아가기 위해, 그곳의 후계자라는 위치를 지키기 위해, 오래토록 그가 해왔던 것들이 이와 같은 처세술이었던 까닭이었다.

생각해보면 저들을 향한 거부감이 빠르게 사라지는 것 역시 그 같은 이유 때문일지도 몰랐다.

[명예를 지켜라!]

아드레안에서는 그리 배웠으나, 타고난 약자였던 그의 몸부림은 언제나 '생존'을 가까이 하고 있던 까닭이었다.

배워왔던 공부로 인한 거부감이었지, 본능은 이미 그들을 이해하고 있던 것이다. 어쩌면 그 때문에 더욱 '진심'이 우러나올 수 있던 것일지도 몰랐다.

연기이되 연기가 아닌 것이다.

"살아남아라."

저들의 가르침 중에서 많이 언급되었고, 그런 만큼 이제는 뇌리에 파고들어, 점차적으로 가슴에 스며들려 하고 있는 그 한마디를 입에 담았다.

"일단… 거기서 부터인가."

약자를 위한 공부는 그렇게 조금씩 차근차근 새겨져가고 있었다.


❖ ✛ ❖


처음 그 느낌을 받은 건, 기운을 불어넣기 시작한지 일주일 정도쯤 지났을 때였다.

'어라?'

미세하고도 또 미묘한 느낌이었기에, 한 차례 고갯짓으로 끝을 맺었다.

착각이라 여긴 것이다.

'어라?'

그리고 하루 뒤에 두 번째 고갯짓 속에서 의문을 느껴야만 했고, 이내 의심을 하기 시작했다.

'…설마?'

믿기 어려웠다. 때문에 당장 확인을 하고 싶었지만, 하루에 정해진 '축복'의 시간이 있던 까닭에, 일단 기다려야 한다는 걸 알았다.

그렇게 또 하루를 보낸 뒤, 세 번째 고갯짓 속에서 의문이나 의심은 더 이상 필요치 않았다.

이미 확신으로 변해버린 까닭이었다.

'마기라고?'

화들짝 놀란 나머지 하마터면 아이를 떨쳐버릴 뻔 봤다.

"어… 어… 어…."

그 대신 말문이 막힌 듯 어버버 거리는 혓바닥이 그의 감정을 표현해주고 있었다. 살짝 침도 흘렸지만 턱을 타고 내리기 전에 가까스로 닦아낼 수 있었다.

에던은 믿기 어렵다는 얼굴로 아이를 내려다봤다. 그의 시선을 느낀 모양인지, 아이가 방끗 웃는 얼굴로 그를 올려다보는 게 보였다.

초롱초롱한 아이의 눈빛을 보고 있노라니, 조금 전 그가 내린 확신이 흔들리려 했지만, 그는 스스로를 부정하는 실수를 하지는 않았다.

특히, 아이와 관련된 일이니만큼 더더욱 신중할 수밖에 없었고, 그런 만큼 스스로의 감각에 대한 확신은 필수였다.

거기까지 생각하던 에던이 침을 꼴깍 삼키며 재차 아이와 시선을 맞췄다.

"거짓말이면… 안되겠니?"

슬쩍 아이에게 물어보지만, 돌아오는 대답이 있을 리가 없었다. 그저 방끗 웃는 아이의 미소만이 그가 받아낼 수 있는 전부였다.

뒷골이 울리는 기분이었다.

뭐가 어떻게 된 것일까?

무엇이 문제일까?

어찌 된 걸까?

많은 생각들이 머릿속을 울리며 연신 골을 두드리고

있었다. 뇌리가 흔들리는 느낌 속에서 떠오르는 건, 축복의 순간 흘러나왔던 마기의 울림이었다.

그건 그의 것이 아니었다.

'세라야… 대체….'

아이에게서부터 흘러나온 것이다.

"으음…."

악다문 입술 사이로 신음성이 비집고 새나왔다.

'…어째서… 왜?'

그리 큰 울림을 아니었지만, 분명 아이의 몸속에서 피어난 건 마기였다.

심연의 주인이며 심판자라 불리는 마신의 사자인 그가 모를 수 없었다. 이제는 그의 일부가 되어버린 힘이기도 한 까닭에, 더더욱 민감하게 반응할 수 있던 것이기도 했다.

'큰일났다!'

에던은 연신 마른침을 삼키며 아이를 바라봤다. 그도 그럴게 지금 이 축복의 의식은 여동생에게는 비밀인 까닭이었다.

물론, 아주 비밀인 건 아니었다.

[아이들의 건강을 위한 민간요법 같은 거야.]

이 정도 이야기를 전하며 베른에게는 짧게 동의를 구해 놓은 까닭이었다.

에던의 위치를 알고 그 실력을 일부나마 엿봤으며, 그 경지를 작게나마 짐작하고 있는 까닭에, 베른은 그가 조카

아이를 위해 힘을 쓴다고 여기며 허락을 해 준 것이다.

이런 이유로 여동생도 어느 정도는 알고 있을 터였다.

'그래도 이건….'

납득하기가 어려운 상황일 것 같았다.

"무슨 고민을 그렇게 하고 있나?"

갑작스런 음성에 에던은 깜짝 놀라서는 돌아봐야만 했다. 어느새 접근을 허락한 것인지 헤일러가 그의 뒤편에서 히쭉 웃으며 서 있는 것이 아닌가.

"표정하고는… 아주 넋을 놓고 있었나 보구만."

그렇게 이야기한 헤일러가 슬쩍 에던의 곁으로 다가오더니 품 안의 세나를 뺏어들었다.

"어이구… 삼촌이 멍청해서 네가 고생이 참 많다. 어구. 어구구…."

때 아닌 헤일러의 재롱에 아이의 입가에 환한 미소가 그려졌다. 그 미소에 맞춰 우스꽝스런 표정들을 연달아 지어 보이던 헤일러가 대뜸 에던을 향해 물어왔다.

"세나에게 무슨 문제라도 있나?"

"…컥, 쿨럭!"

불의의 일격을 당한 듯, 에던이 헛기침을 터트리기 시작했다. 그런 그의 모습을 이상하게 쳐다보던 헤일러가 아이를 품에 안은 채 몸을 흔들며 입을 열었다.

"자네가 뭘 하고 있는지… 대충 알고는 있네."

모를 수가 없었다.

"이래 봬도 내가 대법관이라 불리는 사람이야."

검술원 한편에서 주기적으로 발생하는 마기를 어찌 모르겠는가.

마기이면서도 마기가 아닌 듯, 너무도 신성한 빛 무리를 품고 있는 그 기운이기에, 더더욱 그가 모르기가 어려웠다.

비록 그 본인은 선천적으로 타고난 '버서커'라는 운명으로 인해, 성력의 발현이 자유롭지 못했으나, 대법관의 위치에 오른 건 분명한 사실이었다.

"거 참… 거창하게도 일을 벌려놨구만."

때문에 아이의 품 안에서 빛을 발하는 성스러운 기운 역시도 놓치지 않을 수 있었다.

너무도 미약하고 또 희미한 빛의 잔재처럼도 여겨지는 것 같았지만, 그것은 분명 하나의 올곧은 의지를 지닌 것이었다.

그는 이 같은 '의지'의 의미를 잘 알고 있었다.

"어째, 지난 밤 꿈자리가 뒤숭숭하더라니. 흘…."

고개를 절레절레 흔들던 그가 에던을 향해 물었다.

"자네는 대체 이 아이에게 무슨 짓을 한 건가?"

이번에도 에던은 헛기침만을 할 뿐, 이렇다 할 대답을 하지 못했다.

그런 그의 모습에 헤일러가 짧게 혀를 차더니, 이내 아이에게로 시선을 돌리며 입을 열었다.

"한 세대에 두 명의 성녀라니. 흘…."

혼잣말처럼 흘리듯 던진 이야기였지만, 에던은 이를 놓치지 않았다. 아이와 관련되어 있기 때문에 더욱 귀에 담기는 내용이기도 했다.

"성녀라고요?"

그의 외침에 헤일러가 눈살을 찌푸렸다.

"목소리 하고는, 쯧! 애 놀라겠다. 살살 좀 말해라."

깜짝 놀란 에던이 제 입을 합죽이처럼 오므리다가 조심스레 입을 열더니 재차 물었다.

"지금… 성녀라고 했습니까?"

헤일러가 히쭉 웃으며 대답했다.

"그랬지."

"어… 어떻게… 아니… 왜…."

연신 버벅대는 에던의 모습에 헤일러가 웃음을 터트렸다.

"허헛! 자네 표정이 아주 가관일세."

그 말에 에던의 얼굴이 한층 더 구겨져야만 했다.

"아주 일을 제대로 벌려 놨어."

짐작컨대 갑작스런 두 번째 성녀의 탄생에는 에던이 깊게 관여하고 있을 거라 여겼다.

"착각… 하신 거 아닙니까?"

어렵사리 입을 연 에던의 물음에 헤일러가 어깨를 으쓱였다.

"글쎄. 그럴지도 모르지. 하지만… 정말 착각일 것 같나?"

헤일러가 그리 물으며 에던을 바라봤다. 순간 말문이 막힌 듯, 에던의 입이 다물어졌다.

이유인 즉,

'나도… 그렇게 생각한다는 거지. 젠장!'

아이에게서 느껴진 그 기운은 되새기면 되새길수록 너무도 깨끗했다.

마기답지 않은 그 정순함이 헤일러의 이야기를 강하게 긍정하며 뒷받침하고 있는 것이다.

"…젠장!"

결국, 아이 앞이라는 것도 잊어버린 채, 욕지거리를 뱉어내고야 말았다.

뒷골이 진하게 울리고 있었다.

2. 반려.

2. 반려.

충격적인 상황 속에서 제정신을 차리지 못하는 모습 때문일까?

"자책하지 말게나."

이처럼 말을 건넬 수밖에 없었다.

허나, 헤일러의 이 같은 말에도 불구하고 에던은 자신을 탓하는 걸 멈추지 못했다.

그도 그렇게 아이에게서 느껴졌던 건 분명히 '마기' 였기에, 이와 연관하여 생각할 수 있는 거라면, 그가 시행중인 '축복' 밖에 없는 까닭이었다.

하지만 그럼에도 불구하고, 혹시나 하는 마음에 이와 관련된 이야기들을 헤일러에게 전했다.

엘프들의 허락이 없었기 때문에 세계수의 은총에 대한 상세한 이야기까지 전한 건 아니었지만, 그가 내린 축복과 관련한 대략적인 흐름 정도는 전한 것이다.

"허…."

일단 헤일러가 내뱉은 건 감탄사였다.

그도 그럴게 몽크들의 비전에도 이와 비슷한 육체 개조의 비전이 존재하는 까닭이었다.

루드말이 탄생했을 당시에도 과거의 인연으로 인해, 그에게 이 같은 비전을 전하지 않았던가.

사실, 이 비전은 그들 몽크들도 여럿 모여서 행해야 할 만큼 상위의 공부였는데, 헤일러의 경우에는 이를 혼자서 감당할 수 있을 만큼 비전을 완벽한 수준으로 익히고 있었다.

때문에 더더욱 에던이 이야기한 흐름을 통해, 그 깊이를 엿볼 수 있던 것이다.

이야기 중간중간 '침묵의 숲'이 언급되었음에, 짐작컨대 엘프들과 연관이 있을 것이고, 그들의 역사가 일부 새겨져 있을 거라 예상할 수 있었다. 그 깊이가 이해되는 부분이기도 했다.

그리고 이 같은 이유들로 인해 그는 확신을 담아 이야기할 수 있었다..

"자책할 필요 없네."

그들 몽크의 육체 개조의 비전에는 다양한 방식들이 존재하는데, 거기에는 수많은 약초를 배합해서 이루는 것, 뛰어난 연공법을 기반으로 행해지는 것, 그리고 에던이 했던 것처럼 성력과 같은 특별한 힘을 토대로 이뤄지는 공부 등, 제법 그 비전의 종류가 다양했다.

헤일러의 경우에는 선천적인 체질로 인해, 성력의 도움은 얻을 수 없고, 연공법의 경우에도 몽크들 특유의 고행을 위한 공부를 전문으로 익히다 보니, 약초를 비롯한 외부적인 자극을 토대로 하는 공부에 통달할 수밖에 없었다.

그런 의미에서 루드말에게 비전을 시행하는 건 생각보다 어렵지 않았다. 드라필만의 재력이라면 그가 원하는 약초들이나 재료들은 얼마든 구해줄 수 있던 까닭이었다.

드라필만의 역사 속에서 쌓아온 재료들까지 생각해 봤을 때, 오히려 루드말에게 행했던 비전은 그 공부의 어려움이나 수준에 비해서는 쉽게 풀린 경향이 있었다.

물론, 거기에는 루드말 본인이 지닌 자체적인 잠재력이 뛰어났던 점도 제법 큰 작용을 했었다.

여하튼 이 같은 경험과 오랜 세월 쌓여온 그들 몽크들의 역사를 되짚어 봤을 때, 그는 이번 사태가 에던에게 있지 않다는 걸 알았다.

"성녀라는 존재를 인위적으로 탄생시킬 수는 없네."

그러며 세라를 가볍게 다독이며 꿈나라로 유도했다.

"고대로부터 성녀의 탄생 이유라면 오로지 하나 뿐이지."

이유인 즉,

[신의 의지!]

헤일러가 말하고자 하는 바가 이해되었다. 마신이 직접 세라를 선택했다는 것이다.

하지만 에던은 쉬이 표정을 풀 수가 없었다.

그가 개입되었기에 이뤄진 일이 아닐까 하는 의심을 지우기가 어려운 까닭이었다. 애초에 이곳 세상에서 마신의 의지가 가장 깊게 깃든 존재가 에던이지 않던가. 그의 의심은 당연한 것이었다.

사실, 이 부분에 대해서는 헤일러 역시도 생각하는 부분이기도 했다. 하지만 굳이 언급하지 않는 건, 역시나 에던의 표정 때문이었다.

그러나 이런 식으로는 이야기가 진행될 수 없음에, 결국 그는 이 같은 부분을 털어놓았다.

"뭐… 자네와 아주 연관이 없다고는 할 수 없겠지."

물론, 심증일 뿐이지만, 아무래도 상황이라는 게 그랬다. 현 세상에 유일하게 존재하는 마신의 사자가 바로 에던이지 않던가.

게다가 그들 몽크의 비전이라는 건, 신체 개조라 불리지만, 실질적으로는 지닌바 잠재력을 일찌감치 겉으로 드러내는 '도움' 수준의 것이었다.

하지만 에던의 축복은 아예 신체 자체를 바꾸는 것과 같았다. 진정한 의미에서 개조라고 해도 과언이 아니었다.

그런 의미에서, 현 상황에 마기를 지닌 성녀의 탄생과 그를 따로 떼어놓고 생각한다는 건, 여러모로 무리가 있는 것이다.

"그래도… 재차 이야기 하지만, 자책할 필요는 없네."

언급하였듯 성녀의 탄생이라는 건 인위적일 수 없었다.

"신의 의지가 이 아이에게 깃든 것뿐일세."

그러면서 에던이 걱정하는 부분도 함께 언급하였다.

"아마도 자네가 걱정하는 건, 성녀라는 위치에 따른 사명감을 우려하는 거라고 생각하네."

고대로부터 특별한 위치에 존재하는 이들이라면, 그에 따른 나름의 역할이라는 걸 타고나기 마련이었다.

수많은 이야기나 전설 속에서 성녀의 존재가 언급되는 이유도 그런 고대 역사에 기반을 둔 경향이 있었다.

아이에게 축복을 내린 건, 잔병치레 없는 건강한 삶에, 조금이나마 더 활력이 깃들기를 바라는 마음이었지, 이처럼 과한 사명이 뒤따르는 걸 바란 건 아니었다.

"자네도 짐작 정도는 했을 것 아닌가."

헤일러의 이야기에 에던이 입술을 잘근 깨물었다.

그 말처럼 '축복'으로 아이의 신체에 남다른 힘이 깃든다면, 조금은 더 특별한 삶을 살게 될 거라는 생각 정도는 했다.

그렇지만 이 정도의 특별함은 바란 적이 없었다. 연신 어두워지는 에던의 표정에 헤일러가 고개를 절레절레 흔들며 재차 입을 열었다.

"너무 그렇게 걱정하지 말게."

그러며 이전에 들었던 '심판자'에 대해 떠올리고 또 언급했다.

"자네를 비롯한 심판자들은 고대로부터 그 역할이 특별하게 정해진 게 아니라고 하지 않았나."

그 말처럼 심판자로 불리는 이들 중, 세상에 그 이름을 알린 건 극히 소수의 존재밖에 없었다. 이는 드래곤 로드인 크라이드만에게 직접 들었던 이야기인 만큼, 의심할 여지가 없었다.

"마신의 사자라는 위치 자체가 일반적인 이야기속의 영웅이나 용사 같은 존재들하고는 다르지 않나. 이 아이도 그런 위치에서 보면, 기존의 역사와는 다른 길을 걷게 될 거라고 생각하네. 그러니 너무 걱정할 필요 없을 거야."

작게나마 위안이 되는 소리였음일까?

에던의 눈가의 그늘이 한 꺼풀 걷히는 게 보였다. 하지만 여전히 그 안색이 좋지는 않았다.

하지만 딱 거기까지가 헤일러가 해 줄수 있는 이야기의 전부였던 듯, 더는 신경 쓰지 않는다는 태도로 헤일러는 세라에게 집중하고 있을 뿐이었다.

그의 다독임이 힘을 발휘한 것인지, 어느새 그의 품을 침범벅으로 만들며 잠을 자는 아이의 모습이 보였다.

"허헛…."

그저 보고만 있어도 절로 웃음이 나왔다.

어쩔 수 없었다. 아무리 성국에서 나와서 개별적으로 활동하는 몽크들이라고는 하나, 그들 역시도 신의 뜻을 따르는 이들이었고, 그런 만큼 그들에게도 성녀라는 존재는 특별했다.

비록 그 속성이 다를지라도, 프레이와 마찬가지로 세라 역시도 그에게는 중요하게 다가올 수밖에 없었다.

애초에 그의 검술원에서 태어난 아이라는 점에서 이미 특별한 의미가 생겨버린 상황이었다.

거기에 성녀라는 새로운 의미가 부여되었으니, 아이를 바라보는 눈길이 더없이 따뜻하게 빛날 수밖에 없었다.

"뭘 그렇게 음흉한 눈으로 봅니까?"

왠지 모를 심술이 난 에던이 그 시선을 눈치 채고는 급이 아이를 뺏어들었다. 그 안색은 여전히 어두웠지만, 잠시간 속을 달랜 모양인지, 작게나마 풀린 게 보였다.

"쯧! 쓸데없는 소리 하기는… 그나저나 앞으로 어떻게 할 텐가?"

아이를 바라보는 헤일러의 시선에 그 의미를 읽은 에던이 눈살을 찌푸리다 짧은 한숨과 함께 답했다.

"일단, 시작을 했으니 끝은 봐야겠죠."

축복에 대한 것으로써, 상황이 어찌 되었건 어설픈 상태에서 끝을 맺고 싶지는 않았다.

게다가 헤일러의 이야기처럼 마신의 사자라는 위치도

이유가 됐다. 기존 역사와는 조금은 다른 운명을 타고났다는 부분이 그의 두려움을 일부 지워준 것이다.

"그래. 그렇지. 어중간한 상태에서 마무리를 짓는 건, 오히려 더 안 좋은 선택이 되었을 게야."

헤일러가 고개를 끄덕이며 그의 생각을 동의해줬다. 그러며 에딘의 짐을 조금이나 덜어주고자, 그 역시 한팔 거들기로 결심했다.

"몽크의 비전을 한 번 풀어보도록 하지."

그에 에딘이 깜짝 놀라서 헤일러를 바라봤다. 단어에서도 알 수 있듯이, 비전이나 비법이라는 건, 말 그대로 비밀스러운 것이기 때문이었다.

저들 몽크의 역사는 성국의 역사만큼이나 어마어마한 것이기에, 그들이 지니고 있는 비전도 그만큼의 깊은 역사를 자랑하는 것일 확률이 높았다.

"너무 그렇게 놀라지 말게. 성녀의 존재는 우리들 성직자들에게는 매우 특별하다네."

때문에 그들의 비전을 푸는 부분에 대해서도 거리낄 이유가 없는 것이다.

"지금처럼 어린 성녀를 마주했던 역사가 없어서, 아직까지 언급된 적이 없을 뿐이지, 만약 성국의 역사 속에서도 지금과 같은 상황이 발생했더라면, 그들은 지니고 있는 모든 비전을 풀었을 걸세."

그런 의미에서 성국보다 앞서서 그들 비전을 풀어 아이

에게 힘을 실어줄 수 있다는 건, 오히려 영광이나 다를 게 없다는 것이다.

"자네는 프레이 그 아이에게 몽크들이 아낌없이 가르침을 전한 이유가 뭐라고 생각하나?"

그들 몽크들의 유대감이 남다르다고는 하나, 그럼에도 불구하고 가르침을 전하는 건 언제나 조심스러웠다.

이는 배움을 청하고 또 가르침을 받아들이는 과정까지도 고행의 하나로써 이해하는 까닭이었다.

하지만 프레이는 달랐다.

"그 아이는 많은 수도사들에게 배움을 받았지."

어떠한 수도사도 그 같은 가르침의 과정을 거친 이들은 없었다. 이는 오랜 세월을 공부를 쌓아온 헤일러 역시 마찬가지였다.

대법관의 위치에 오르면서 좀 더 많은 공부를 이해하게 된 것이지, 대부분은 그의 세월과 함께 별도로 쌓아올린 공부일 뿐이었다.

프레이에게 가르침을 전해온 몽크들은 하나같이 그 공부가 뛰어난 이들이었고, 그런 만큼 그들은 프레이를 마주하고 오래지 않아 그 정체를 밝혀낼 수 있었다.

"고대로부터 성녀라 불리던 이들은 그저 성력만 뛰어난 게 아니었네."

성국 역시도 그녀들에게 지난바 공부를 아낌없이 전해왔던 것이다. 그런 이유로 인해 성기사 못지않은 실력이 성녀들의 숨겨진 모습이었다.

"알려지지 않은 역사지만, 성녀들 중에는 별의 영역에 오른 이들도 적지 않았다고 하더군."

물론, 이 같은 부분은 의도적으로 지워버린 부분이었다. 성녀라는 위치와 우락부락한 성기사의 이미지는 너무도 어울리지 않던 까닭이었다.

"그러니 부담가질 필요 없네."

그 말과 함께 헤일러는 아낌없이 가진 바를 풀어놓기 시작했다. 이는 에덴에게는 가뭄의 단비와 같은 결과이기도 했다.

비록, 세계수의 은총에 대해서 알고 있다고는 하나, 여러모로 감각적인 부분에 의존하는 경향이 크던 축복이었다. 하지만 헤일러의 가담으로 인해, 그의 감각적인 부분에 이론적인 이해가 더해진 것이다.

더 이상의 변수를 허락하지 않겠다는 듯, 그들 둘은 세라를 위한 축복에 전심전력을 다하기 시작했다.

그리고,

한 달여의 시간이 더 흘렀을 즈음, 그들 앞으로 새로운 변수가 찾아들었다.

"어둠의 축복을 받은, 제 반려를 찾아서 왔습니다."

다섯 살 남짓,

"…쿨쩍!"

웬 아이 하나가 코를 먹으며 힘차게 검술원의 문을 두드린 것이다.

상상도 할 수 없는 일이었다.

이제 막 생후 1개월 남짓의 아이였다.

"뭐? 반려?"

그러한 아이에게 대뜸 평생을 함께 할 사람이라며 찾아
온다? 태어난지 얼마나 됐다고 벌써부터 혼인을 거론한단
말인가.

뿐만 아니라 그 같은 말을 건넨 존재가 또 황당했다.

다섯 살 남짓?

"쿨쩍⋯."

힘차게 코를 먹는 아이가 그처럼 이야기하고 있는 것이
다. 이를 어찌 받아들여야 할지, 생각하는 것만으로도 절로
골머리가 아플 지경이었다.

"너⋯ 이⋯ 꼬맹아, 제정신이니?"

에던은 애써 튀어나오는 욕지거리는 삼켜내며, 겨우겨우
순화시킨 단어로 질문을 던져냈다. 물론, 워낙 충격적 사태
에 표정까지는 고치기가 어려웠던 듯, 얼굴은 악귀와 같은
형상으로 변해있었다.

만약 상대가 아이만 아니었더라면 당장 날아차기를 꽂아
버렸을 것 같은 표정이었다.

"허⋯."

그 곁에서 헤일러는 그저 헛웃음만 지으며 아이의 대답을

기다리고 있을 뿐이었다.

궁금한 까닭이었다.

이 이야기의 결말에도 호기심이 들었지만, 그보다는 아이의 정체라던가 현 상황에 대한 근본적인 이유 같은 부분에 더욱 많은 관심이 가는 까닭이었다.

특히, 아이를 마주하고 있는 지금 이 순간에도 아이의 정체를 알 수 없다는 부분이 더욱 그의 호기심을 자극했다.

'…사람인가?'

아이를 본 뒤, 가장 처음 들었던 생각이며 의문이었다. 분명 5살 남짓의 코 먹는 하마 같은 느낌이었건만, 기이할 정도로 아이의 존재감이 동공을 쑤셔왔고 뇌리를 파고들었다.

결코 다섯 살 남짓의 아이에게서 전해질만한 느낌이 아닌 것이다.

의문이 들 수밖에 없었다.

뿐만 아니라 아이는 분명 '어둠의 축복을 받은' 반려를 찾아왔다고 했다.

이는 즉,

'성녀의 탄생을 알고 있다는 뜻이겠지.'

충격적이기까지 한 부분이었다. 그도 그렇게 이제 겨우 태어난 날로부터 한 달 조금 더 된 아이였다.

성녀로써의 의미를 부여받은 시간은 더 짧았다. 에던과

헤일러를 제외한다면 그 같은 사실을 아는 이들은 전혀 없었다.

아직까진 세라의 부모들도 모르는 사실이었다.

헌데, 눈앞의 소년은 어찌 이를 알았는지, 대뜸 첫 대면부터 그 같은 부분을 언급하면서 들어왔다.

혹시라도 누군가 들을까 겁나, 황급히 아이를 독실로 안내해서 이야기를 나눌 수밖에 없었다.

"쿨쩍…."

열심히 코를 삼키는 모습은 영락없는 아이의 그것이건만, 시선이 마주칠 때마다 느껴지는 이 묘한 감각은 어찌 설명해야 할까?

알 수 없는 느낌에 헤일러는 헛웃음을 짓는 한 편, 조용히 귀를 기울일 수밖에 없었다.

"두 분들 중에서 어떤 분께서 에던 '선생님'이신지 궁금했는데, 아무래도 이쪽 분께서 에던 선생님이시군요."

그러더니 아이가 대뜸 에던을 향해 고개를 꾸벅 숙여보였다. 황당한 단어의 나열에 입을 쩍 벌리고 있을 때, 아이는 더욱 충격적인 내용들을 토해냈다.

"말투에 본새가 없으시다 들었는데, 과연 그 말씀 그대로입니다. 쿨쩍!"

순간, 이 녀석이 놀리고 있다는 느낌마저 들었지만, 너무도 진지한 아이의 눈빛에 꼭 그런 것만은 아닐지도 모른다는 생각이 들었다.

때문에 에던은 애써 화를 삼키며 짓씹듯 물어야만 했다.

"누가… 그런… 말을… 하디?"

이 같은 감정의 변화를 아는지 모르는지, 아이는 너무도 태연한 모습으로 코를 삼키며 대답했다.

"쿨쩍! 아버님께서 그렇게 말씀하셨습니다."

어느 누가? 어떤 위치에 있는 존재이기에? 감히! 용병왕 에던 운트에게 저 같은 막말을 할 수 있을까?

에던의 눈매가 얇아졌다. 그가 힘겹게 물었다.

"느… 아버지… 뭐하시니?"

애써 막말로 끝나는 걸 삼켜낸 에던을 향해, 아이가 웃으며 대답했다.

"드래곤이신데요."

"…쿨럭!"

"커헉… 컥…."

에던의 헛기침과 침을 삼키다 사레가 들린 헤일러의 기침 소리가 요란하게 독실을 뒤흔들었다.

그 같은 분위기가 진정된 건 적잖은 시간이 흐른 뒤였다.

하지만 감정 자체가 정리된 건 아닌 듯, 에던은 여전히 놀란 얼굴로 아이를 바라보며 눈을 동그랗게 뜨고 있었다.

'…드래곤이라고?'

문득, 아이에게서 느껴지는 기운이 묘하게 낯설지 않단 생각이 들었다.

그 역시도 헤일러와 마찬가지로 아이에게서 미묘한 이질 감을 느끼고 있기는 했다. 하지만 그에 앞서서 '반려'라는 단어에 살짝 눈이 돌아간 상태였기에, 이를 제대로 인지하지 못했었다. 아니, 어쩌면 무시하고 있던 것일지도 몰랐다.

하지만 정신을 차리고 아이에게서 느껴지는 기운에 집중하기 시작하자, 그 흐름이 묘하게 익숙하다는 걸 깨닫게 된 것이다.

'…크라이드만?'

악몽과도 같았던 시간들이 점차적으로 떠오르기 시작했다.

"으음…."

절로 새나오는 신음성과 변화하는 표정을 통해서 충분히 모든 게 전달되었다.

아이가 재차 코를 삼키며 꾸벅 인사를 했다.

"인사가 늦어졌습니다. 오늘부터 선생님께 신세를 지게 될 '라브론 디-엘 레 드락시드'입니다."

순간, 에던의 눈가에 이채가 어렸다.

"디-엘… 드락시드?"

그것이 의미하는 바를 잘 아는 까닭이었다. 라브론이 활짝 웃으며 대답했다.

"아시는군요. 어머님의 성과 아버님의 성을 함께 사용하고 있습니다."

드락시드는 크라이드만의 성이었다. 물론, 실질적으로는 더 길도 요란한 부분이 있었지만, 번거롭다며 스스로 짧게 줄여서 만든 게 바로 드락시드였다.

그리고 '디-엘'이라는 건, 세계수의 첫 번째 수호자이자 크라이드만의 반려인 에체나의 성이었다.

'그러고 보니…'

언뜻 크라이드만의 기운 외에도 또 하나 익숙한 흐름이 느껴지는 것 같았다.

'…에체나!'

분명, 그것은 세계수의 첫 번째 수호자인 에체나의 것과 닮아있었다.

말인 즉,

'설마… 드래곤과 엘프의 아이라는 건가?'

이해하기 어려운 내용이었다.

하지만 이를 꼭 부정하기도 힘든 게, 크라이드만이 스스로 최후의 드래곤이라고 이야기를 하지 않았던가.

그를 마지막으로 더 이상의 드래곤은 없다고 했었다. 그렇다고 해서 납득할 수도 없는 건, 역시나 드래곤과 엘프의 조합이라는 부분이 이해가 가질 않는 까닭이었다.

물론, 그 둘이 서로의 반려로써 함께 한다는 건 알지만, 종족적인 특성을 어찌 해결할 수 있단 말인가.

폴리모프 상태로써 이를 해결한다?

에던은 이 부분에 대해서도 부정했다. 나름 이런저런

이야기들을 나눈 까닭에, 폴리모프 상태에서 태어난 아이에게 저처럼 드래곤의 흐름이 짙게 느껴질 수는 없는 것이다.

드래곤의 폴리모프는 말 그대로 종족 자체가 변화하는 것과 같았다.

그렇게 해서 태어난 아이는 그 종족일 뿐, 저처럼 드래곤의 특성을 품고 있기는 어려웠다.

이에 대한 의문을 느낄 때, 한 가지 걸리는 점이 있었다. 드락시드 앞에 별도로 붙은 '레'라는 단어였다.

에체나의 흐름 너머로 어렴풋이 느껴지는 세 번째의 기운이 이 부분에 대한 가설을 꺼내들었다.

'이 느낌….'

표정을 고친 에던이 진지한 얼굴로 물었다.

"혹시, 혹시나 해서 묻는 건데. 네 탄생에는 어머니 나무의 개입이 있던 거냐?"

라브론이 연신 코를 삼키며 답했다.

"크릅… 쿨쩍! 역시 잘 아시네요."

그제야 일부나마 상황이 이해되었다.

아이에게서 느껴지던 세 번째 기운은 바로 세계수의 것이었고, 이를 통해서 라브론의 탄생에는 레-그라자의 은총이 깃들어 있음을 알 수 있었다.

지상에 존재하는 '신성'의 일부라고 알려진 게 바로 세계수인 레-그라자였다.

세상 창조의 의지가 깃들어 있다고도 알려진 레-그라자라면, 드래곤과 엘프의 불가해한 조합에 가능성을 더해줄 수 있을 거라 여겼다.

"아버님께서는 자신이 마지막 드래곤일지는 모르나, 마지막 조율자가 되어서는 안 된다면서, 어머님과 세계수의 도움을 얻어 저를 낳으셨습니다. 쿨쩍!"

연신 코를 삼키는 아이를 바라보던 에던이 문득 이질적인 걸 찾아낸 듯, 화들짝 놀란 얼굴로 아이를 바라봤다.

"아니. 잠깐만… 내가 숲을 나온 게…."

겨우 2년 정도밖에 되지 않았다. 아이가 방끗 웃으며 그의 의문을 미리 대답해줬다.

"올해로 1살입니다."

그 외형과 비교해 봤을 때, 결코 어울리지 않는 숫자였다.

엘프나 드래곤의 성장속도를 아는 건 아니지만, 이렇게 빠른 성장은 결코 아닐 거라고 여겼다.

"태어난 건 이제 겨우 1년이지만, 아버님께서 계획하시고 어머니 나무께서 허락하신 덕분에, '시간의 방'에서 열 배의 세월을 살다 나왔습니다. 그러니 너무 이상하게 보실 것 없으십니다."

엘프나 인간 그리고 유사인종은 대부분 유년기의 성장속도는 크게 다를 게 없었다.

이는 그들의 특성을 받아들인 라브론 역시도 다를 게 없었다. 그럼에도 불구하고 5살 남짓의 어린 모습이라는 건, 시간의 방에서 보낸 열배의 시간으로 인한 영향이었다.

그 시간을 생각한다면 열 살 남짓의 모습이어야 하나, 본인은 이제 겨우 1살의 어린 '아기'였다.

진실과 거짓 사이에 생겨난 시간의 모순이 아이의 성장속도를 비틀어 지난 세월의 절반가량의 성장속도만을 허락한 것이었다.

"그러니까…1살이면서 10살이고 또 그러면서 5살이기도 한… 끄응…."

머릿속으로 이런저런 계산을 두드리던 에던이 이내 뒷머리를 벅벅 긁으며 잡념들을 털어냈다.

대충 알아낼 건 알아냈으니, 더 이상 샛길 타는 건 그만두고, 슬슬 본론으로 돌아가고자 한 까닭이었다.

"후우…."

한 차례 호흡을 고른 그가 조심스레 가장 중요한 물음을 던졌다.

"그래서… 왜 네가 세라의 반려라는 건데?"

이에 라브론이 코를 훔치며 황당한 대답을 꺼내들었다.

"아버님께서 그렇게 말씀하시던데요."

"…으음!"

전가의 보도라고 해야 할까?

한 방에 말문이 닫혀버렸고, 단박에 의문이 씹혀버린 느낌이었다.

신격에 가깝다는 드래곤이 전한 전언이란 것이다. 여기서 어찌 더 의문을 제시한단 말인가.

어안이 벙벙해진 표정으로 쳐다보는 에던을 향해 라브론이 물었다.

"그런데 제 반려는 어디 있나요?"

잠시간 짙은 침묵이 방안을 가득 메웠다.

"쿨쩍…."

코 먹는 소리만이 수시로 정적을 두드릴 뿐이었다.

❖ ✛ ❖

"하악… 쿨쩍… 하악… 킁!"

어쩐지 실수 했다는 생각이 드는 이유가 뭘까?

'저 놈 저거….'

헤일러와 에던은 마치 약속이나 한 듯, 서로를 바라보며 시선을 나눴고, 동시에 고개를 끄덕이고 있었다.

그도 그렇게 '반려'를 만나고 싶다는 라브론의 이야기에, 결국 세라를 비춰줬는데, 어찌 된 일인지 아이의 시선은 전혀 다른 방향에 고정되어 있지 않은가.

[레일라!]

좀 더 정확히는 그녀의 가슴 언저리를 집요하게 맴돌고 있었다.

에던은 그 모습에서 크라이드만과의 충격적인 첫 만남이

떠올랐다.

　[찌이, 찌이…]

　대뜸 검지를 들어 레일라의 가슴을 찌르더니, 양 손을 활짝 폈다 오므리던 크라이드만의 모습과 그 음흉한 얼굴이 떠올랐다.

　'핏줄은 못 속인다더니…끄응!'

　라브론에게서 크라이드만의 향수가 느껴질 정도였다.

　"하악… 쿨쩍… 하악…."

　숨소리는 또 왜 저리 거칠어진단 말인가. 코를 너무 먹어서 일어난 현상 같으면서도, 왜 자꾸 다른 방향으로 의심이 가는 것일까?

　"하악… 하악…."

　불그스름한 아이의 볼이 왠지 모르게 거슬리는 건, 어찌 생각해야 할 것인가.

　왠지 모르게 뒷목이 뻐근한 느낌이었다.

3. 왕의 무덤.

3. 왕의 무덤.

[심장의 '파편' 을 찾아서 가져다주게.]

무려 드래곤이 내린 의뢰였다.

[내 레어를 주지.]

뿐만 아니라 드래곤 하트의 조각을 찾아다주는 것으로써, 마지막 드래곤의 로드가 자신의 레어를 의뢰비로 지불하기로 계약하였고, 그렇게 의뢰는 접수되었다.

하지만 쉽지 않은 의뢰였다.

'암전 놈들을 상대하는 건, 결국 대륙과 한 판 벌이는 거니까.'

칠성좌라고 불리는 이들은 각자가 역사 깊은 왕국의 주인들이었고, 그런 만큼 기본적으로 일곱 왕국은 상대를 해야 하며, 거기에 더해 그들 역사와 쌓아올린 힘을 계산한다면, 적어도 그 곱절의 힘과 세력을 감당해야 한다는 결론이 나왔다.

쉽지 않았다.

별빛을 너머의 힘을 취했다고는 하나, 결국 한 개인이 감당할 수 있는 '한계'라는 게 존재하는 까닭이었다.

그런 의미에서 심장의 파편을 집중해서 공략하는 게 가장 효율적인 해결방법이기는 했다.

하지만 상황이라는 게 그런 식으로 흘러가지는 않았고, 결국 칠성좌 전체와 판을 벌리고, 대륙 전역을 무대로 날뛰어야만 하는 상황까지 이르렀다.

물론, 거기에는 그 개인적인 마찰이 먼저였기에, 결국 그의 사건에 의뢰를 끼워 넣은 흐름이겠지만, 어찌 되었건 이 같은 복잡한 이유들로 인해 의뢰에 집중하기 어려운 상황이라는 건 분명했다.

"쿨쩍! 아버님께서는 선생님이 의뢰에 집중하기 어려우실 걸 아시고, 이렇게 저를 선생님에게 보내기로 결정하신 겁니다."

그와 같은 라브론의 이야기는 또 의외의 것이었다.

반려를 언급하며 들어왔던 것과 다르게, 실질적으로 그가 이곳에 온 것에는 다른 이유가 있음이 밝혀진 까닭이었다.

"심장의 파편을 찾아내는 건, 역시 심장의 주인이 직접 움직이시는 게 제일이라고 판단하셨기 때문입니다. 쿵!"

물론, 그 같은 이유에서 생각해 본다면 라브론 역시도 파편을 찾는 역할에 어울리지 않다는 생각을 할 수도 있었다.

"분명히… 제 아버님이 마지막이자 최후의 드래곤이십니다."

즉, 라브론은 드래곤이 아니라는 의미이기도 했다.

"하지만 저는 최초의 '드래고니안'입니다."

"드래고니안?"

"최초로 순수 드래곤의 혈통을 이어받은 유사인종이라고 하면 이해하시기가 편하실 겁니다."

"…음?"

여전히 이해되지 않는다는 에던의 표정에 라브론이 고개를 끄덕였다.

"역시, 아버님 말씀처럼 부족함이 넘치시는군요. 쿨쩍!"

순간적으로 상대가 아이라는 것도 잊고서는 주먹을 불끈 쥐었던 에던이지만, 애써 화를 누르며 가까스로 주먹의 힘을 뺄 수 있었다.

그런 에던의 모습을 아는지 모르는지 라브론은 거침없이 이야기를 이어나갔다.

"부정하게 세상에 퍼져있는 파편과 달리, 저는 아버님께 정식으로 심장의 일부를 허락받았습니다."

일순, 에던의 동공이 부릅떠졌다.

"설마…."

라브론이 그 앙증맞은 주먹으로 제 심장 어림을 힘차게 두드리며 말했다.

"비록 일부이지만, 제게는 드래곤 하트가 분명 존재합니다."

라브론이 하는 말이 뜻하는 건 아주 간단했다. 심장의 파편에 누구보다 민감히 반응할 수 있다는 의미인 것이다.

"그리고 또, 아버님께서 전하라 하신 말씀이 있습니다."

"전해?"

"예. 아버님께서 말씀하시기를 심장의 파편에서 갈라져 나온 흔적은 세상에 만연하나, 가장 큰 파편은 여전히 드러나지 않은 채, 꼭꼭 숨겨져 있다고 하셨습니다."

이야기를 듣던 에던은 문득 의문이 든 얼굴로 물었다.

"숲에만 계신 분이, 어째 나보다 더 상황을 잘 아는 것 같다?"

그 의문을 이해한다는 듯, 라브론이 고개를 끄덕이며 대답했다.

"쿨쩍! 저의 탄생을 위해서 오랜 시간 세계수와 '접촉'하고 계셨기 때문에, 잠시나마 세상을 보셨다고 하셨습니다."

세계수가 언급되었던 부분에서 에던은 그가 이해할 수 없는 아득한 공부가 숨겨져 있을 거라 여기며, 이 부분에 대한 의문을 접어야만 했다.

물론, 작게나마 짐작되는 바가 있던 이유도 컸다.

[세계수!]

첫 번째 수호자인 에체나에게 듣기로, 이곳 세상의 시작과 함께한다는 그 첫 번째 나무는 세상의 모든 흐름이 담겨 있다고 했었다.

아마도 그 같은 흐름을 통해 대륙의 상황을 일부 엿봤을 거라 짐작할 뿐이었다.

"그런데… 드래고니안이라는 건, 드래곤의 혈통을 이어 가는 일족이라고 생각하면 되는 건가?"

잠시 환기도 시킬 겸, 앞서의 의문을 한 차례 제기해봤다. 이에 라브론이 고개를 끄덕이며 입을 열었다.

"쿨쩍! 전에도 말씀드렸다시피, 아버님께서는 자신이 마지막 드래곤이라고 해서, 조율자의 운명까지 끝을 낼 필요는 없다고 하시면서, 어머니 나무와 어머님의 허락을 얻어서 저를 낳으셨습니다."

지난 대화를 떠올리며 두 번째 언급된 '어머님'은 에체나일 거라 추측할 수 있었다. 에던은 작게 고개를 끄덕이며 아이의 이야기에 귀를 기울였다.

"사실, 아버님께서는 처음에는 드래곤의 모습을 그대로 이어받은 일족의 후예를 만드시고자 했습니다."

치매로 인해 정신을 놓고 있었지만, 그 와중에도 틈틈이 정신을 차릴 때면, 이와 관련된 준비들을 해 왔었다.

물론, 스스로를 봉인하여 마법에 대한 한계치를 뒀던 만큼, 쉽지 않기도 했지만, 오랜 세월을 꾸준히 준비해왔던 까닭에, 나름의 성과를 내어놓을 수 있었다.

"하지만 결론적으로 이야기하자면, 실패입니다. 쿨쩍!"

"실패?"

용족이라고 부를 수 있을만한 새로운 '종'들이 탄생하기는 했다.

하지만 정상적인 상태가 아니었던 만큼, 실수가 존재했던 것일까?

이는 결국 옳지 못한 선택이었다.

"쿨쩍! 몬스터에 더 가깝다고 해야 하려나. 아무래도 조율자의 역할을 맡기에는 어렵다는 게 아버님이 내린 결론입니다."

"그… 새로운 종이라는 건, 또 뭔데?"

에던의 이어지는 의문에 라브론이 한 차례 고민을 하다 옆으로 시선을 돌렸다.

참관하듯 이야기를 듣고 있던 헤일러가 그 시선의 의미를 알아챈 듯, 어색하니 뒷머리를 긁적였다.

아이는 그에게 들려줘도 괜찮은지, 고민하고 있는 것이다.

[신의 사랑을 받는 분이시군요.]

첫 만남이 있던 날, 아이가 헤일러를 향해서 했던 이야기였다. 그리고 이 같은 평가로 인해, 에던의 곁에서 많은 비밀들을 들을 자격도 얻게 되었다.

성녀와 다를 바 없다는 게 아이의 결론이기 때문이었다. 하지만 지금 이어지는 이야기들의 경우에는, 앞서의 비밀

과는 또 다른 비밀이기도 했다.

어찌 보면 일종의 '치부'라 할 수 있는 이야기였기 때문에, 아이 나름대로 한 차례 고민을 할 수밖에 없던 것이다.

하지만 이미 비밀을 허락하기로 했던 까닭일까?

짧은 고민 끝에서 아이는 헤일러에게 향한 시선을 거두며 다시금 이야기를 늘어놓았다.

"드래이크! 제 형제와 같은 새로운 '종'을 정의하는 명칭입니다. 아버님께서 오랜 시간 심혈을 기울였던 만큼, 그저 본능만을 지닌 몬스터들과는 다르게, 생각도 할 줄 알며, 학습도 가능합니다."

뿐만 아니라 마법도 사용할 수 있을 정도로 뛰어난 두뇌를 지니고 있기도 했다. 하지만 그럼에도 불구하고 본능적인 부분을 우선시하는 경향이 있었다.

이러한 부분 때문일까?

조율자로는 실패였지만, 숲의 새로운 파수꾼 역할은 맡길 수 있다는 결론 아래, 드래이크는 그렇게 숲의 일원으로 받아들여졌다.

"쿨쩍! 좀 성질이 지랄 맞는 부분이, 숲에는 잘 어울리는 성격이라고 생각합니다."

해맑은 얼굴로 쏟아내는 거침없는 독설은 묘한 이질감을 지니고 있어서, 괜히 드래이크라 불린 존재가 안쓰럽게 여겨질 정도였다.

한 차례 환기의 시간을 흘려보내고, 다시금 이야기의

본론으로 돌아온 라브론이 재차 크라이드만의 전언이라면서, 새로운 내용을 입에 담았다.

"아버님께서는 또 말씀하셨습니다. 어머니 나무의 도움으로도 파편의 흔적을 찾기 어려웠다는 건, 그만큼 특별한 장소에 숨겨져 있을 거라고요. 쿨쩍!"

"…특별한 장소?"

에던이 의문을 내비쳤다.

"쿨쩍! 대륙에서 어머니 나무의 신성에 견줄 만큼 특별한 장소들을 찾아보면 된다고 말씀하셨습니다."

"흠…."

에던이 슬쩍 헤일러를 돌아봤다. 그가 비록 용병으로써 대륙 곳곳을 돌아다녔다고는 하나, 결국 그의 머릿속에 있는 건 전장의 정보뿐이었다.

그런 의미에서 고행을 찾아 대륙을 맴도는 수도사이자 그들의 대법관이라면, 충분히 그와 같은 장소를 잘 알고 있지 않을까 하는 마음에서 쳐다본 것이다.

"세계수의 신성이라…."

문득, 떠오르는 게 있음일까?

헤일러의 얼굴에 옅은 경련이 이는 게 보였다. 이내 고개를 젓는 모습에서 생각하기 어려운 장소라는 걸 짐작할 뿐이었다.

"왜… 그러십니까?"

조심스런 에던의 물음에, 헤일러가 한 차례 고민하는가

싶더니, 어렵사리 말문을 열어놓았다.

"세계수의 신성이라는 부분에서, 많은 성지들이 떠오르기는 했네. 하지만 그 중에서 가장 먼저 떠오르는 건, 결국… 하나밖에 없더군."

그 즈음 에던도 비슷한 하나를 떠올렸다. 헤일러가 언급한 '신성'과 '성지'라는 단어의 연관성으로 인한 귀결이었다.

"…성국입니까?"

"으음…."

차마 입 밖에 내지 못했던 그 단어가 튀어나왔음에, 헤일러가 나직한 신음성을 내뱉었다.

"확실히 성국이라면… 그럴 듯… 하네요."

이어지는 에던의 이야기에 헤일러도 결국 동의한다는 듯 고개를 끄덕일 수밖에 없었다.

그리고 침묵이 찾아들었다.

"……."

"……."

"…쿨쩍!"

코 먹는 소리만 그득하길 한참, 문득 에던이 헤일러를 바라보며 물었다.

"혹시… 성국에서 그런 흔적은 못 봤습니까?"

헤일러가 쓰게 웃으며 고개를 저었다.

"성국에 발을 들인 것도 오래전이지. 잘 알지 않나."

몽크들은 성국에서 쫓겨나다시피 한 만큼, 어지간한 상황이 아니고서는 성국으로 향하는 일이 없었다.

물론, 그렇다고 해서 전혀 발길을 하지 않는 건 아니지만, 그래도 불필요하게 찾는 경우는 드물었다.

헤일러 역시도 젊은 시절에 몇 차례, 원치 않게 성국을 찾았던 게 전부였다.

비록 쫓겨나다시피 했다지만, 참된 의미로써 쫓겨난 건 아니었고, 여전히 성국에는 그들 몽크의 역사와 관련된 서적들이 보관중이기 때문이었다.

대개의 몽크들이 성국을 찾는 건, 그 같은 자료를 열람하고 과거의 흔적들을 되새기기 위할 때가 많았다.

"정말, 의심스러운 게 아무것도 없습니까?"

에던의 집요한 물음에 헤일러가 오래전 기억들을 다시금 뒤적이기 시작했다.

그렇게 얼마나 지났을까.

"흠… 그러고 보니…."

무언가 생각이 난 듯, 헤일러가 어렵사리 말문을 열었다.

"…조금 꺼림칙했던 느낌이 있던 장소가 있기는 했지."

"꺼림칙한 장소요?"

젊은 시절이었고, 버서커의 광기가 한창이던 시기인 만큼, 말하면서도 확신하지는 못했다.

"아는 사람만 아는 장소인데… 왕의 무덤이라고."

"…왕의 무덤이요?"

"뭐, 고대로부터 성국에 많은 기여를 한 왕들에게, 성국이 따로 자리를 마련해 준 무덤인데, 잊혀진 고대의 왕국이나 역사 같은 게, 그곳에 잠들어 있다던가? 아무래도 돈으로 성국에 자리를 마련했다는 인식이 있어서, 어느 순간부터는 대외적으로 흔적을 지워버린… 뭐, 그런 장소지."

"그거… 상당히 구린 냄새가 나는 것 같은데요."

에던의 눈가에 불이 들어왔다.

❖ ❖ ❖

대부분의 칠성좌가 그러하듯, 벨시스트라 왕국의 국왕 비요산 역시도 이번 전쟁의 주도권을 챙기지 못한 채, 연신 어지러운 상황에 휘둘리고 있는 중이었다.

그나마 사이람 아드레안의 등장으로 인해, 한 차례 흐름을 넘겨받을 수는 있었지만, 제대로 연극의 마무리를 짓지 않은 사이람으로 인해, 어중간한 상황에서 무대는 새로운 막을 열어버렸다.

때문에 여전히 휘둘리고 있는 것이다.

"까드드득…."

불안한 심리와 어지러운 감정의 혼동 속에서, 연공법의 부작용이 일어나며 수시로 뜨거운 불길을 토해내기 시작했다.

"폐하!"

그럴 때면 기다렸다는 듯, 호위대장인 라시칸이 목소리를 높이며 그의 정신을 바로잡아 주고는 했는데, 최근 들어서는 심적인 불안감이 너무 극단적이었던 듯, 그 음성에 담긴 오러의 파동으로도 단번에 이성을 깨우기가 쉽지 않았다.

"정신을 차리셔야 합니다."

라시칸이 연달아 음성에 오러를 담아 외쳤고, 덕분에 가까스로 정신을 다잡는 건 가능했다.

"빌어먹을… 연공법!"

하지만 여전히 가슴 속 불길은 뜨겁게 타오르고 있음에, 아직은 안도할 수 없었다.

[버서커!]

절대적 권좌를 얻기 위해, 아드레안의 실험체로써 스스로를 내던진 결과인 만큼, 오롯이 그가 감당해야 할 시련이었다.

때문에 이처럼 욕설을 내뱉는 와중에도 이 부분에 대해 후회하는 건 아니었다.

단지, 스스로를 감당하기 어려워지는 현실에 그저 분노하는 것일 뿐이다. 만약에 과거로 시간을 돌릴 수 있다 하더라도, 그는 주저 없이 스스로를 실험에 던질 것이고, 거침없이 지금의 위치에 올라설 거라 자신했다.

"괜찮으십니까?"

"후우… 훅… 후우우우… 그래. 매번 미안하군."

라시칸의 걱정스런 물음에 비요산이 쓰게 웃으며 고개를 끄덕였다. 평소라면 그가 정신을 차린 순간 물러났을 라시칸이지만, 최근 들어 유독 가슴에 화를 담아놓는 시간이 길어지는 까닭에, 이처럼 재차 확인을 하면서 묻게 되는 것이다.

"그래. 그러니까… 결국 아드레안이 발을 뺀다는 소리지."

조금 전, 그의 정신을 흔들었던 보고서를 다시금 곱씹듯, 그 내용을 천천히 입에 담았다. 자연히 가슴 속 열기가 들끓었지만, 한 차례 제압했던 까닭인지, 눈이 돌아가는 사태로 넘어가지는 않았다.

뿐만 아니라 보고서의 내용이 꼭 최악이라고 할 건 아니었기에, 그 부분을 상기하며 열기를 꾸욱 눌러 삼켰다.

"그래도 병력은 보내준단 말이지."

과거, 그 역시 참여했던 실험의 일원들이 찾아온다는 내용인 만큼, 충분한 전력이 될 것이라고 여겼다.

'설마, 버서커를 내보낼 줄이야….'

그들 개개인이 별빛에 닿아있을 정도고, 둘 이상이 모이면 충분히 별빛을 넘볼 수 있는 수준이라는 걸 알기에, 전황을 뒤집기에 충분한 전력이었다.

스스로가 그와 같은 위치에 있기에, 더더욱 모를 수 없는 전력이기도 했다.

하지만 그들을 내보낸 것으로써, 아드레안의 불참의지는 더더욱 분명히 전해졌다.

'최소한의 체면치레라는 것인가.'

다른 칠성좌들도 아드레안이 내보낸 전력을 통해, 전황을 뒤집고 또 굳히려 할 거라 여겼다.

'그나저나… 아드레안의 문제인가.'

한 줄기 불안감이 가슴 속 열기를 헤치며 올라왔다.

과거의 인연으로 인해 아드레안의 문제는 결국 '그'와 연결될 것임을 아는 까닭이었다.

'…유령왕!'

그는 자신의 영역에서 결코 나오는 일이 없었다. 오히려 그곳에 고정되어 버린 듯 '무덤'을 벗어나지 못하는 모습을 보여 왔다.

때문에 지금까지 은연중에 안도하는 부분이 있었지만, 아드레안이 흔들린다면 이야기가 달라질지도 몰랐다.

'젠장! 최악은 아니어야 할 텐데….'

만약의 사태를 대비해야 하겠지만, 지금 상황은 그쪽 방면에 신경을 쓸 틈이 없었기에, 그저 바라고 또 원하며 그렇게 불안감을 외면할 뿐이었다.

❖ ✛ ❖

왕의 무덤!

고대로부터 그곳은 독실한 왕가의 신자들이 머무는 안식의 땅이라고 전해져왔다.

실제로 그 같은 취지로 만들어진 것이기도 했다.

과거, 한 나라의 국왕이면서, 무려 성국의 신관들 못지않게 뛰어난 성력을 지녔던 국왕들이 종종 있었고, 그런 이들을 위해 자리를 허락된 것이기 때문이었다.

하지만 세월이 흐르며 그 같은 기존의 의미는 뒤틀렸고, 어느 순간을 기점으로 성국에 많은 성금을 내고, 그렇게 돈으로써 성국 내부에 한 자리를 허락받는 흐름으로 변질되어 버린 것이다.

"덕분에 무덤 치고는 아주 풍요로운 곳이지. 클…."

오랜 고대로부터 쌓여온 비리의 산물이 이곳에는 그득했다.

상상하기 어려운 고대의 물건이라던가, 쉬이 접하기 힘든 마도의 물품 혹은 재료들이 수북하니 쌓여있는 것이다.

때문에 본의 아니게 잠적하기로 결심한 이후에도, 나름 만족스러운 생활을 할 수도 있었다.

"레어에서 가져온 것들을 실험하기에는 이만한 공간도 없으니."

유령왕이라 불리며, 칠성좌와 아드레안의 주인에게 공통적으로 공포의 대상이 되고 있는 존재, 그는 입 꼬리를 말아 올리며 자신의 육신을 내려다봤다.

"오랜만이군."

숨을 쉬고 있지만 살아있다는 느낌은 들지 않던 과거의 육신에서 벗어나, 새로이 생기를 부여받은 육신이 새삼 마음에 들었다.

물론, 그렇다고 해서 정말로 육신을 벗어던진 건 아니었다.

"영혼전이는 애초에 자료가 부족하니, 어쩔 수 없지."

그런 의미에서 그가 한 것은 새로운 생기를 불어넣는 작업이었다.

뼈마디만 앙상하여 해골이나 다를 게 없던 과거의 육신에, 젊은 청춘의 활력을 새긴 것이다.

당연하게도 거기에는 '등가교환'이 성립되었고, 그의 청춘을 위해 반대로 젊음을 빼앗기는 희생양이 존재할 수밖에 없었다.

그가 옆을 돌아보며 희생양의 이름을 입에 담았다.

"테브릭 아드레안."

거기에는 뼈마디만 앙상한 사내가 시체처럼 누워서 힘겹게 숨을 게워내고 있었다.

현 아드레안의 가주와 다음 시대 후계자의 연배차이는 한 세대를 뛰어넘는다.

이는 즉, 중간에 한 세대가 비어있다는 의미였는데, 앙상한 사내의 정체가 바로 그 중간 세대의 주인이었다.

사이람이 황혼을 넘은 나이에도 여전히 가주를 하고 있는 이유이기도 했는데, 감탄이 절로 나오는 그 재능으로 인해, 일찌감치 유령왕의 표적이 되었고, 결국 그의 '먹이'가 되어버린 비운의 사내이기도 해다.

감히 장담하건데, 그 본질적인 재능 하나만 놓고 본다면, 사이람도 압도하는 수준이었다.

냉정히 평가했을 때, 사이람 아드레안은 잠재력이 뛰어난 편이 아니었다.

'뭐… 충분히 차고 넘치기는 했지만.'

물론, 그 재능은 당시의 버서커들 중에서도 최상위권이기는 했지만, 그를 감탄하게 만들 정도는 아니었다.

하지만 그럼에도 불구하고 그를 최고의 재능이라고 평가하는 건, 그 스스로 없던 재능을 만들어내고 쌓아올렸기 때문이었다.

'그놈은 재능보다는 '독기'가 뛰어난 놈이었지.'

이 같은 부분이 '버서커'의 '광기'와 맞물리며, 극도의 상승효과를 발휘한 것이기도 했다.

없던 잠재력이 생겨났고, 재능이 형성되었으며, 그렇게 색다른 의미로써 놀라게 했고 경악하게 만들었다.

'…그런 것도 결국에는 재능이라면 재능이겠지.'

물론, 이러한 사실은 당시 실험을 함께하던 이들도 자세히 알지 못했다. 그럴 수밖에 없도록 사이람 스스로가 도약의 도약을 연속했기 때문이었고, 결국 천부적인 재능으로 평가되게 만든 것이다.

'하지만… 내 눈은 속일 수 없지.'

단번에 아이들의 재능을 알아볼 수 있는 눈이 있던 까닭에, 그만큼은 진실을 꿰뚫어 볼 수 있었다.

그런 의미에서 사이람 아드레안은 그의 '먹이'가 되기에는 부족했다.

'그놈은 결국 아드레안을 맡기기에 딱이었지.'

하지만 눈앞의 앙상한 사내, 테브릭 아드레안은 전혀 달랐다. 그 본연의 재능이 이미 천부적이었으며, 버서커와의 상성 역시도 최고였다.

"한 시대의 획을 긋기에 충분한… 영웅의 자질을 타고난 신체지."

때문에 그의 먹이가 되었고, 이렇게 그의 청춘을 위한 희생양이 된 것이다.

"뭐… 조금 부족하기는 하지만, 이 정도는 충분히 예상하고 있었으니까."

바라던 수준까지의 젊음을 되찾은 건 아니었으나, 여기까지 되돌린 이상, 지금부터는 '적당한 먹잇감'으로도 충분히 보충할 수 있을 터였다.

그의 생을 유지하기 위한 수준의 먹잇감들로도, 남은 청춘도 되찾을 수 있을 거라 확신했다.

"지금부터는 기다리는 것뿐인가."

한 번에 삼킬 수 있는 생기의 한계치가 있는 만큼, 온전히 바깥으로 나서는 건 결국 시간문제이리라.

수백년의 은거생활을 생각해 본다면, 충분히 기다릴 수 있는 수준이었다.

"클… 몸이 젊어지니 괜히 조급증이 이는 건가."

하지만 벌써부터 몸이 근질거린다고 해야 할까?

젊음이라는 걸 되찾고, 그에 따라서 잊어버렸던 감각들도 하나 둘 돌아오고 있음에, 점차적으로 육신의 반응이 정신을 이끌어가려 하고 있는 것이다.

"뭐, 가벼운 외출 정도라면야…"

나직한 웃음성과 함께 그의 시선이 테브릭에게로 향했다.

"오랜 시간, 고생 많았다."

그 말을 끝으로 마지막 숨결마저 거둬갔고, 그렇게 무덤은 새로운 죽음을 받아들였다.

❖ ❖ ❖

나름의 목표물은 잡아놓았으나, 당장 그 확인을 위해 움직이기는 어렵다는 결론을 내릴 수밖에 없었다.

"일단… 의식은 끝내야 하니까."

에던은 그 말과 함께 움직이기를 거부했다. 세계수의 은총이 그러했듯, 그가 흉내내고 있는 '축복' 역시도 시작을 한 이상 어설피 마무리를 지을 수 없는 까닭이었다.

특히, 그 축복이 조카인 세라를 위한 것임에, 더더욱 중단이라는 건 있을 수 없는 일이었다.

'성녀라고?'

이미 되돌릴 수 없는 운명이라면, 제대로 받아들여 주기로 결심한 것이다.

"걱정하실 필요 없습니다. 아버님께서 말씀하시기를, 마신의 사자들에게는 특별한 사명이 있는 게 아니라고 하셨습니다."

라브론의 조언 역시도 적잖은 힘이 되었다.

"게다가 저도 기왕이면 확실히 마무리를 지어 주셨으면 좋겠습니다. 쿨쩍!"

그러면서 이어붙인 이야기가 참으로 괘씸했다.

"고대로부터 성녀들은 미인으로 유명했으니까요. 하악…."

왠지 모를 뻔뻔함이 느껴져, 잠시 의식의 중단을 고심하기도 했지만, 잠시간의 흔들림에 아이를 불안정한 상태로 놓아둘 생각은 없었다.

"그런데 그… 크라이드만님께서는 왠지 너무 자세히 알고 계시는 것 아니냐?"

세계수와의 접촉이 있었다고는 하나, 그래도 상상치 이상으로 많은 부분까지 꿰뚫고 있는 크라이드만의 전언이 결국 그 같은 의문을 꺼내들게 만든 것이다.

이에 대한 라브론의 대답이 또 충격적이었다.

"아버님께서는 이번에 '신성'을 획득하셨으니까요."

"쿨럭… 컥… 케헥… 칵…."

깜짝 놀란 나머지 한참을 헛기침으로 시간을 낭비해야만 했다.

"그건… 그… 그러니까… 신성이라는 게…."

제대로 말문을 잇지 못하는 에던을 대신하듯, 라브론이 명쾌한 해답을 꺼내주었다.

"신격을 얻으셨다는 겁니다."

재차 에던의 헛기침이 터져 나왔고, 그 옆에서 헤일러가 가만히 기도문을 읊기 시작했다.

4. 기사.

4. 기사.

강자를 위한 공부!

그 부분을 가르치는 것, 그게 그라넥에게 내려진 '임무'라고 할 수 있었지만, 그렇다고 해서 아드레안의 연공법이나 검술 같은 공부들을 전하는 건 무리였다.

때문에 그가 선택한 방법은 '방향성'에 대한 부분이었다.

직접적인 공부를 전하기보다는 보조적인 역할로써, 잘못되었다 싶은 부분들에 대해서 지적을 해 주는 것이다.

물론, 이 부분 역시도 직접적으로 언급하는 게 아닌, 살살 돌려서 슬쩍 건네는 정도로써, 서로 가르치고 배우는 와중에 나누는 대화 속으로 슬그머니 흘려보내는 정도면 충분했다.

겉으로 표현한 건 아니었지만, 적잖은 자극이 되는 소리였던지, 이를 통해서 용병들은 각자 나름의 공부에 대한 발전을 꾀할 수 있었다.

'뭐… 아직 이렇다 할 성과가 드러난 건 아니지만.'

관점이 변하거나 개념을 조정하는 등의 차이점을 두면서, 그들 나름대로 수련 방식을 조금씩 변화시키며 수련에 열정을 쏟고 있음에, 당장은 아니더라도 오래지 않아 작게나마 그 성과가 드러날 거라 여겼다.

'하긴, 그건 나도 다를 게 없나.'

이 같은 발전에 있어서는 그라넥 역시도 그들과 마찬가지로 나름의 성과라 할 만한 걸 얻은 상태였다.

물론, 그 역시도 당장 겉으로 드러나진 않았지만, 그의 머릿속으로는 상상하고 있던 이상의 검에 작게나마 다가설 수 있는 계기를 마련한 상태였다.

용병들이 보여주는 다양한 검의 궤적들이 결정적이었다.

[백가지 종류의 초급 검술을 배워와.]

과거, 아드레안에서 이미 에던은 그에게 백종류의 검을 익히라고 이야기 했었다.

당시에는 그 의미를 이해하지 못했지만, 최근 들어서는 작게나마 그가 내린 과제의 의미가 이해되려 하고 있었다.

'이상의 검….'

그건 결코 닫힌 사고만으로는 얻을 수 없는 것이었다.

때문에 과제에는 추가적인 내용이 더해져 있기도 했었다.

[이곳 아드레안의 것이 아닌 초급검술 백가지.]

당시에 이미 '다양성'을 언급하고 있었음을 알 수 있었다.

이미 에던의 검을 정면으로 경험하면서, 이상의 검을 한 차례 몸으로 겪었던 그에게 용병들이 보여주는 다양한 검의 향연은 그야말로 눈이 뜨이는 경험과도 같았다.

새벽이 걷히며 어둠이 밝히고, 아련하던 이상의 검을 향한 '길'이 모습을 드리운 것이다.

"뭐… 이제 겨우 걸음마 정도인가?"

그리 중얼거리다가도 이내 고개를 저으며 부정했다.

"아직은 옹알이라고 하는 게 맞으려나."

겨우 말문이 트인 정도라는 더 알맞다고 여겼다. 하지만 결코 기분이 나쁘다거나 하지는 않았다.

작게나마 그 시작을 알렸다는 걸 직감했으며, 여기서 끝이 아니라 더 나아질 수 있다는 가능성을 느낀 까닭이었다.

'이제 시작이니까.'

고개를 끄덕이며 연신 히죽거리는 그의 곁으로 하나의 그림자가 다가들었다.

"기분이 좋아 보이는군."

"아… 영감님."

이곳에서 유일하게 '영감님' 소리를 듣고 있는 베덴이 그라넥의 옆에 자리를 잡았다.

"끄응… 이제는 자네도 그렇게 부르는 건가."

"뭐, 대세는 따라야 하지 않겠습니까."

"대세는… 썩을!"

나직한 욕지거리로 한 차례 불만을 토해낸 베덴이 그라넥을 향해 나직하니 물었다.

"어때? 할 만한 것 같아?"

순간, 그라넥의 입가에 쓰디쓴 미소가 떠올랐다. 질문의 의미를 잘 아는 까닭이었다.

에던은 세라를 위해 시간을 빼기가 어려운 만큼, 자주 찾아오지 못하는 만큼, 그들 두 사람이 함께할 수 있게 자리를 만들어 줬는데, 덕분에 이후로는 베덴과 그라넥이 함께 '스펙터'를 위한 준비를 하고 있었다.

물론, 그렇다고 해서 이전과 크게 행동이 달라진 건 아니었다. 그리고 바로 이 점이 그라넥의 입맛을 쓰게 하는 것이기도 했다.

[한 수 가르침을 청합니다!]

그처럼 먼저 다가서며 공부를 나누는 그라넥의 행동 덕분에, 용병들과의 거리감을 좁힐 수 있었다.

이는 귀족가의 후계들과도 마찬가지였다.

"뭐… 그럭저럭 분위기는 만들어진 것 같네요."

몰락귀족이라고는 하나, 현 시점에서 그들의 머무는 세상은 용병계였고, 그런 만큼 한 번 거리감이 좁혀지기 시작하니, 금세 은퇴 용병들과 어울릴 수 있었다.

물론, 여전히 적당한 거리감을 유지하고 있다는 건 느껴졌다.

애초에 그들이 업계 내에서 생활할 때에도 그와 같았기에, 이 부분까지 지적할 생각은 없었지만, 스펙터라는 단체를 이어나가기 위해서는 온전한 화합이 중요하다고 여기고 있었다.

그런 의미에서 그라넥은 잘 해주고 있었다.

'원래는 내가 해야만 하는 역할이지만…'

베덴은 어색하게 웃으며 그라넥의 미소를 받아주었다. 에던은 그에게 부탁을 했었지만, 슬쩍 그라넥에게 떠넘긴 감이 없잖아 있는 까닭이었다.

물론, 그 나름대로 노력은 하고 있었지만, 역시나 아드레안이라는 이름값은 무시할 수가 없던지, 첫 경계선이 무너지고 나자 금세 그라넥에게 거리감을 허락한 것이다.

이 점에서는 은퇴 용병들보다 반걸음 이상 더 허락한 느낌이 있었다.

비록 용병계에 몸담고 있다지만, 그들 중에는 언제고 가문을 일으키고자 하는 일으키고자 하는 이들이 적지 않았다.

때문에 오히려 먼저 그라넥을 찾으며 가르침을 나누려 드는 것이다.

그런 이유로 인해 그라넥의 고생이 적지 않았다. 몸은 하나인데 공부를 나누고자 하는 이들은 여럿인 까닭이었다.

"조금만 더 고생해주게."

베던이 그 말과 함께 어깨를 두드려줬고, 그라넥은 한결 가벼워진 미소로 그 손길을 받아주었다.

그들 두 사람은 에던 덕분에 따로 자리를 마련하고, 정보를 공유하는 사이가 되었다고는 하나, 그들은 유난스러울 정도로 서로 위하는 감이 있었다.

베덴은 이 생경한 감각에 대해서 잘 알고 있었다.

[동질감!]

그 같은 감각의 정확한 근원에는 분명 에던이 불어넣어 준 '활력'과 관계가 있을 거라 여겼다.

서로 정보를 공유하며 이야기를 나누던 중에, 그라넥 역시 그 같은 활력을 나눠받았음을 아는 까닭이었다.

물론, 첫 대면부터 이처럼 거리감이 좁혀진 건 아니었지만, 자리가 마련된 이후부터 급속도로 친해진 감은 있었다. 짐작컨대 그 '기적'과도 같은 기운이 무언가의 작용을 하며 동질감을 극도로 끌어올렸을 거라 여겼다.

베덴의 시선이 그라넥을 건너 연무장으로 향했다. 각기 공간을 정해둔 채, 그곳에서 나름의 단련에 열중인 용병들이 보였다.

'언젠가는… 저 녀석들도 그걸 받게 되겠지.'

그렇게 된다면, 이 불완전한 유대감은 분명 더욱 큰 동질감 속에서 하나로 묶일 수 있을 거라 여겼다.

[레-그라자!]

세계수와의 접촉을 통해 신성을 경험했다.

이미 오래전부터 인간들 사이에서는 은연중에 신격화 되어있는 존재였던 만큼, 접촉으로 말미암아 참된 의미로써의 신격을 엿보는 게 가능했다.

사실, 일반적인 드래곤이라면 불가능했을 것이다.

하지만 그 스스로가 이미 일반적인 영역을 벗어나있지 않던가.

그들 역사 속에서도 유일한 수명을 살아온 존재였다.

평균적인 수명을 뛰어넘고 거기에 더해서, 최대 수명의 절반가량을 더 살아남았다.

그것도 최악이라 할 수 있는 상태에서, 그야말로 고행이라 할 만한 시간들을 버티고 또 보내온 것이다.

이는 드래곤이라 불리는 존재에게도 충분한 시련이다. 존재감은 옅어졌을지언정, 그 정신력은 기존의 한계치를 뛰어넘은 것이다.

어쩌면 마왕의 저주를 버텨내면서 생겨난 의지 속에서 자연스레 형성된 흐름일 수도 있었다.

그와 같은 결과로 인해 이미 그들 일족의 한계 너머에 한 발 내딛고 있던 상황이었다. 여기서 이뤄진 세계수와의 접촉은 남은 한 걸음마저도 내딛기 위한 발판이 되어주었다.

"신격이라면… 그… 신이라는 게…."

여전한 모습으로 에던이 채 말을 끝내지 못하고 있노라니, 라브론이 거침없이 말을 받아 내용을 이어주었다.

"신좌를 얻으신거죠."

그러면서 설명하길, 애초에 드래곤은 '반신'으로도 불리던 존재라고 했다.

실제로 그만한 능력과 힘을 지니고 있었는데, 이야기나 신화 속에서 자주 언급되는 '용언'이라 불리는 절대의 마법이 그 증거와도 같았다.

단순한 말 한마디로 세상 이치에 간섭할 수 있기 때문이다.

"하지만 실제 '반신'이라고 불리실만한 신성은 허락되질 않으셨죠."

용언으로 간섭할 수 있는 '한계'가 명확했던 까닭이었다. 이치에 간섭은 가능하나, 이치를 비틀 수는 없다는 것이다.

그러던 게 이번 기회에 온전히 신격을 얻고, 반신의 자격을 취득했다는 것이다.

이제 남은 건 온전히 그 신좌에 오르기 위한 준비였다.

"준비라고 한다면…?"

라브론이 자신을 한 차례 가리키며 입을 열었다.

"신도죠. 쿨쩍!"

그런 의미에서 라브론을 비롯한 '용족'들은 그와 같은

역할을 맡게 될 터였다.

"용족이라고 해 봤자… 단 둘 뿐이잖아."

에던의 나약한 반발이 있었지만, 라브론은 고개를 저으며 그거면 충분하다고 이야기했다.

"게다가… 용족은 저희들 외에도 더 있으니까요."

이어지는 뒷말은 작게 소곤거리듯 흘러나왔지만, 에던과 헤일러는 이를 놓치지 않았다. 하지만 굳이 언급하여 더 묻지도 않았다.

라브론의 어투에서 숨기고자 하는 의지를 읽은 까닭이었다.

짐작하건대 크라이드만이 탄생시킨 새로운 '종' 이 드래이크 외에도 또 있을지도 모른다는 추측만을 할 뿐이었다. 그리고 거기에는 분명 말썽이 될 만한 개체도 존재할 거란 짐작이 가능했다.

'하긴… 무려 5천년이니까.'

크라이드만의 정신이 온전했던 시간이 많지는 않을 것이나, 그럼에도 불구하고 드래곤이라는 존재가 지닌 마법적 지식을 생각해 봤을 때, 그 많은 시간동안 단 한 개체만을 탄생시켰다는 게 오히려 이상할 정도였다.

그런 의미에서 '용족' 이라 칭하기에 어색하지 않을 만큼의 개체가 탄생했을 거란 추측이 가능했다.

실제로도 많은 용족들이 숲에 새로이 풀어진 상태였다.

분명, 그 탄생은 최근에 이뤄졌지만, 그 준비는 오랜 시간을 이어져 온 만큼, 적잖은 수의 개체가 새로이 생을 부여받아 숲에 적응하고 있는 중이었다.

"후우…."

잠시간 이런저런 생각의 시간으로 침묵의 무게감이 짙어져 갈 즈음, 머릿속 정리를 마친 듯, 에던이 나직한 한숨과 함께 다시금 입을 열어 물었다.

"그러면… 세라에 대한 것도, 그 신격의 힘으로 내린 결론이냐?"

"예. 일종의 예지 같은 거라고 보시면 됩니다."

"너도 동의하는 거고?"

이 부분에서 어째서인지 라브론의 얼굴이 살짝 붉어졌다.

"하악…."

동시에 슬쩍 거칠어진 숨소리가 묘하게 거슬렸다.

"…매우 환영합니다!"

대답 역시도 신경은 건드렸다. 그저 '동의' 수준이 아니라 '환영'이라는 게 이상하게 불쾌하다고 해야 할까? 그것도 '매우'까지 더해진 환영이었다.

이전에도 언급되었듯이 고대로부터 성녀들은 미인으로써도 유명했는데, 라브론 역시도 이 같은 부분을 이미 입에 올렸던 적이 있었다.

하지만 왠지 그것만으로는 부족한 무언가가 느껴졌다.

"제 미래의 반려는 그녀밖에 없습니다. 쿨쩍… 콩… 하악…."

몸짓 하나 숨소리 하나 그리고 눈빛 하나까지, 아이답지 않은 저 음흉한 느낌은 무어란 말인가. 에던의 주먹에 살짝 힘이 들어갔다.

"크흠… 흠…."

그 순간 터진 헤일러의 헛기침이 아니었더라면, 그 주먹은 분명히 아이의 이마를 두드리고 있었을 것이다. 가까스로 힘을 빼며 심장을 달래는 에던을 아는지 모르는지, 라브론의 머릿속에는 하나의 영상만이 가득할 뿐이었다.

'쿨쩍… 헤헤… 헤에….'

부친인 크라이드만이 직접 그 머릿속에 비쳐줬던 미래 예지의 한 장면으로써, 거기에는 세라의 성장한 모습들이 펼쳐져 있었다.

당연하다고 해야 할까?

그 미모는 성녀라 불리는 만큼 감탄이 절로 나올 정도였다.

거기에 더해 결정적으로 하나 더!

모친 에체나와 비교한다고 해도 결코 꿇리지 않는 풍족함이 그 미모 아래에 함께 자리하고 있었다.

'헤헤… 헤….'

더더욱 거칠어지는 아이의 숨소리에 에던은 연신 주먹을 쥐었다 피며, 쉼 없이 갈등의 순간을 맞이해야만 했다.

아드레안은 대륙에서 첫 손에 꼽히는 검가라고 불리는 만큼, 그 안을 살펴보면 뛰어난 기사들이 넘쳐났다.

　　감히 단언컨대, 그 작은 영역 안에는 한 왕국의 수도쯤은 가볍게 전복시키기에 충분한 전력이 모여 있다고 해도 과언이 아닌 것이다.

　　그 강대한 전력이야말로 주변의 많은 왕국들이 오랜 세월동안 그들을 가만히 내버려 둘 수밖에 없는 이유이기도 했다.

　　칠성좌와 암전의 비호가 있었다고는 하나, 그들 아드레안의 자체적인 전력이 갖춰지지 않았더라면, 결국 주변의 지원 속에서도 한줌 잿더미가 되어버렸을 터였다.

　　그런 의미에서 아드레안의 전력은 실로 어마어마한 것이었다.

　　'아무리 별빛 너머의 힘을 얻었더라도… 나 혼자서 감당할만한 게 아니지.'

　　사이람은 쓰게 웃으며 찬찬히 아드레안의 전력을 머릿속으로 분석하고 또 평가해 나갔다.

　　누구나 인정하는 아드레안의 대표적 기사단인 다섯 가문의 전력이 일차적으로 머릿속에 떠오르며 분석되고 있었다.

　　실질적으로 그들 각 가문의 전력이야말로 각국 수도를

점령하기에 충분한 것이었다.

겉으로 드러난 전력이라면야 아드레안 전체를 두고 평가를 해야 하겠으나, 내부적으로 숨겨진 각 가문의 세력까지 더한다면, 그 격차는 실로 아득할 만큼 올라갈 수밖에 없었다.

드러난 것보다 드러나지 않은 부분이 더 큰 것이 바로 아드레안이기 때문이다.

전복과 점령의 차이점이 있기는 하나, 그 부분의 실질적인 평가는 '숫자' 의 차이로 인한 변화정도로 보면 될 터였다.

이런 부분들까지 염두에 두고 평가했을 때, 실질적인 아드레안 전체적인 전력이라는 건, 한 왕국을 전복시키기에도 가능할 정도로 그 규모가 어마어마한 것일지도 몰랐다.

'결국… 혼자서 왕국을 상대해야 한다는 건데.'

고개를 절레절레 저었다.

냉정하게 스스로를 평가한 결과, 별빛 너머의 힘을 지녔다고 할지라도 불가능하다는 결론이 나온 것이다.

'확실히… 그 녀석이 별종이군.'

아무래도 평가의 반론처럼 떠오르는 얼굴이 있었다.

'에딘 운트.'

무려, 전 대륙을 상대로 시비를 트고 있는 사내였다.

'강심장도 그런 강심장이 없지.'

신기한 건 말도 안 되는 대결이건만 에던의 패배가 쉬이 떠오르지 않는다는 점이었다.

물론, 에던이 진정으로 대륙 전체와 한바탕하고 있는 건 아니었다. 암전 그리고 칠성좌라는 정해진 대적상대가 있었고, 그들은 결코 대륙 전체가 될 수 없었다.

하지만 충분히 전 대륙의 3분지 1 가량은 감당해야 할 터였다.

그들 칠성좌는 말 그대로 일곱 밖에 아니지만, 암전을 통해 혹은 뿌리라는 명목으로 칠성좌에 가담하고, 함께 암전이라는 틀을 형성해 온 왕국들이 있었다.

배반의 칼을 든 왕국들이나 기존 관계로 인해 이빨을 드러낸 왕국들까지, 전쟁의 양상을 생각해 봤을 때, 분명 에던이 홀로 그 많은 왕국과 전쟁을 벌이는 건 아니었지만, 분위기나 구도라는 게 에던을 향해 날을 드리운 형국이라는 건 부정할 수 없었다.

그런 의미에서 사이람 역시도 그와 비슷한 상황이기는 했다.

차이가 있다면 에던은 '대륙'을 무대로 판을 벌이고 있다면, 그는 '레아-발람'을 무대로 하고 있다는 점이었다.

이 부분에서 그는 에던의 행보가 제법 괜찮다고 여겼다.

'혼자서 싸우는 전쟁이지만, 뒤집고 흔들어서 다수로 만들어 버렸지.'

적의 적을 끌어들여 일방적이라 할 수 있는 형세를 조율하고 장대한 무대를 완성시킨 걸 의미했다.

'뭐… 그 녀석이 생각한 건 아니겠지만.'

레드문이라는 거대 단체가 도왔고, 루딘을 비롯한 이면의 실력자들이 힘을 보태면서, 그 흐름에 일조를 한 것이다.

하지만 에던의 움직임이 많은 영향을 미친 것 역시도 사실이었다.

그의 행보에 암전의 뿌리가 자극을 받고, 칠성좌의 체제에 의심이 새겨지며 흔들리는 틈을 타, 반란세력이 일어나 암전에 거대한 균열을 만들어버린 것이다.

기다렸다는 듯 레드문이 움직이고, 오랜 세월 암전과 대립해 왔던 루딘 용병단 역시 끼어들었으며, 은연중에 한 팔 거들어왔던 세력들 역시 슬그머니 숨겨두었던 발톱을 드러냈다.

실질적인 무대의 조율자는 에던이 아닐 것이나, 그가 주역이라는 사실 만큼은 변치 않는다.

사이람 역시도 그 같은 판을 만들고자 했다.

'트로간을 제외한 나머지 4개 가문인가.'

그 해결책은 아드레안 내부에서 찾을 수 있었다.

'미끼는 던져졌으니까.'

드레이안에서 수시로 연무를 펼치며 각 가문의 수장들을 향해 나름 '구애의 손짓'을 던져 보냈다.

"슬슬 입질이 올 때가 됐지."

그리고 이런 그의 예상을 고스란히 수행하듯, 4대 가문의 '대리자'들이 하나 둘 드레이안을 찾아들었다.

'역시!'

그들은 각기 다음 시대의 아드레안을 이끌어 갈 4대 가문의 후계자들이었다. 각 가문의 의지가 느껴졌다.

"가르침을 청합니다!"

또한, 놀랍게도 그들은 각기 공통된 목적을 지닌 채 그를 찾아왔다.

'그걸 본 이상, 가만히 있을 수가 없었겠지.'

저들이 '기사'라면 결코 그의 연무를 무시할 수 없을 거라 여겼다. 특히, 직접적으로 그들 내부에 새겨진 광기를 잠재우고, 그 열기를 식힐 수 있는 의지가 깃든 것이니 만큼, 더더욱 저들은 그를 찾지 않을 수 없을 터였다.

"내게 가르침을 청한다는 게 무슨 뜻인지 모르는 건 아니겠지?"

슬쩍 운을 띄우듯 그는 이처럼 물었고, 4대 가문의 후계자들은 하나같이 공통된 대답을 내어놓았다.

"모른다면 이 자리에 설 자격이 없을 겁니다."

맞는 말이었다.

[후계자!]

가문의 미래를 그에게 맡긴다는 것, 이는 사이람과 4대 가문의 새로운 관계 개선을 의미하는 것이기도 했으며,

동시에 사이람에게 새로운 패가 주어졌다는 뜻과도 같았다.

물론, 언제든 가시를 세워 손안을 피범벅으로 만들 수 있는 패라는 게 문제이긴 하지만, 어쨌든 관계를 새롭게 구축했다는 부분이 중요했다.

뿐만 아니라 이들의 움직임을 통해 알 수 있는 건 하나 더 있었다.

'4대 가문에서도 눈치챘다는 거지.'

트로간에서 그간 제공해왔던 연공법과 자료들에 심각한 부작용이 숨겨져 있었다는 걸, 이제는 각 가문의 수장들이 깨닫고 경계하기 시작한 것이다.

바로 그 같은 이유 때문에 저들은 그의 손안에 발을 들이면서도 날카로운 가시를 감추지 않을 것이다.

[병 주고 약 준다!]

어딘가의 격언을 떠올려봤을 때, 사이람은 그 두 가지에 모두 포함되는 존재인 까닭이었다.

'일단, 이쪽은 계획대로군.'

문제라고 한다면 여태껏 아무런 반응을 보이지 않는 트로간의 태도였다.

좀 더 정확히는 부단장인 세인의 모습일 것이다. 짐작컨대 이미 각 가문의 움직임을 파악하고 있을 터였다. 하지만 그럼에도 불구하고 여전히 반응이 없었다.

'흠… 이건 계획하고는 다른데.'

어느 정도는 반응이 있을 거라 여겼고, 거기에 따라서 새로운 계획을 세운 뒤, 차분히 무대를 이끌어 갈 생각이었건만, 이리 조용해서야 오히려 머리만 더욱 복잡해지려 들었다.

너무도 짙은 침묵은 오히려 깊은 불안감을 조성했다.

'왠지… 느낌이 안 좋아.'

무려, 별빛 너머에 이른 초월의 감각이었다. 이미 별빛을 얻은 순간, 그들은 '예지'의 편린을 얻게 된다.

그것은 불분명한 미지의 감각, 육감으로써 표현되고는 하는데, 스스로를 향한 악의의 파동을 직감적으로 인지해 내고, 이를 통해서 예지처럼 다가올 악의를 '예측'하는 것이다.

별빛 너머에 이른 감각이니 만큼, 그 정확도는 더더욱 높을 터였다. 예측이되 예지에 가까운 것이다.

"흠….."

하루가 다르게 신음성이 쌓여갈 즈음,

"오랜만이구나. 사이람 아드레안!"

짙은 악의가 그를 찾아왔다.

'…맙소사!'

악의를 지닌 방문객은 그가 알던 과거의 모습과는 전혀 다른 얼굴을 하고 있었으나, 사이람은 그 정체를 단번에 알아볼 수 있었다.

'유령왕….'

깊어지던 불안감의 정체를 확인하는 순간이었다.


❖ ✢ ❖


축복이라고 명명하기는 했지만, 결국 기운을 불어넣어
'신체의 변화'를 꾀하는 것인 만큼, 긴 시간을 들여 찬찬히
변화를 일으키는 게 가장 안전했다.

특히, 그 대상이 매우 어린, 이제 막 태어난 신생아라는
점을 생각해 봤을 때, 더더욱 신중하게 장기적인 시간을 들
여야만 했다.

그런 의미에서, 에던은 축복의 시간을 한 번 거치고 나
면, 짧게는 하루에서 길게는 사흘까지, 휴식 및 적응을 위
한 시간을 두고 움직였다.

아이가 축복의 기운을 온전히 받아들이는 시간이기도 했
는데, 세계수의 은총 역시도 비슷하였기에, 이를 토대로 계
획을 짜고 있는 만큼, 더더욱 신중히 지켜줘야 할 일종의
법칙과도 같았다.

그리고 이 같은 공백의 시간을 통해서 주기적으로 레드
문의 비밀 거점으로 향하는 게 그의 숨겨진 일상이었다.

스펙터를 위해서 모인 용병들을 가르치는 한편, 앞서 축
복을 받은 베덴의 상태를 살피기 위함이기도 했다.

세라에게 축복을 내리는 것과 다르게, 베덴의 경우에는
짧게 축복의 시간이 끝을 맺었는데, 이는 아이와 어른의

차이이며, 또한 단련된 용병과 일반인의 차이라 할 수 있었다.

용병계를 은퇴하고 난 뒤에도 베덴은 스스로의 단련을 거듭해왔다. 거기에는 연공 역시도 포함되어 있었는데, 그런 만큼 짧은 순간에 많은 기운을 받아들일 정도로 내부가 튼튼한 것이다.

그에 반해서 황혼에 접어드는 연령대이다 보니, 결국 축복으로 인해 찾을 수 있는 활력의 한계 역시도 명확할 수밖에 없었다.

때문에 그 시간이 더욱 짧아지는 것이기도 했다.

이런 이유로 인해, 에던은 슬슬 '다음'을 준비하기로 결심하게 되었고, 레드문의 거점을 찾았을 때, 그를 위한 만남을 가졌다.

"청춘을 되찾아 준단 말이지."

용병 살랏에게 축복에 대해 설명하고 그 준비를 시킨 것이다. 그 효능을 증명하기 위한 존재로써 베덴이 자리에 함께하니, 이야기는 빠르게 진행될 수 있었다.

"기왕이면 주름도 좀 피고 싶은데."

그 같은 농과 함께 살랏이 축복을 받아들였다. 축복은 에던에게 있어서도 쉽지 않은 작업이니 만큼, 하루에 한 명까지가 적정선이었다.

하지만 세라로 인해 시간을 빼기가 용이치가 않았고, 거기다가 머잖아 성국으로 출발할 걸 생각한다면, 시간이 많

지 않다는 결론 아래, 에던은 조금 무리를 해가며 축복에
한 명을 더 동참시켰다.

베덴 그리고 살랏과 마찬가지로 제법 깊은 인연을 가지
고 있는 쥬호트가 그 대상이었다.

"난 아직 청춘이다!"

"흰머리나 숨기고 말씀 하시죠."

"이건… 그냥 새치일 뿐이다!"

그런 우스갯소리가 잠시 오갔지만, 결국 쥬호트 역시도
축복을 받아들이기로 했다. 앞서와 마찬가지로 이번에도
베덴이 함께 자리를 한 까닭이었다.

에던과의 지난 결전으로 인한 열기가 여전히 타오르고
있는 까닭에, 의심하기보다는 도전하고자 하는 열정이 앞
선 것이다.

나름 효능이 증명된 것이니 만큼, 강해지기 위한 욕망 속
으로 당당히 뛰어들었다.

그리고,

베덴과 마찬가지로 그들 역시도 축복을 받고 난 뒤, 몸속
을 날뛰는 활력을 느끼며 크게 놀라야만 했다.

그와 동시에 에던 역시도 이들을 통해 새로운 사실 하나
를 알게 되면서 깜짝 놀랄 수밖에 없었다.

최초의 축복을 받았던 그라넥을 시작으로 베덴과 살랏
그리고 쥬호트까지, 그들 네 사람을 향해 미지의 흐름이 연
결되어 있음을 깨달은 까닭이었다.

알 수 없는 현상에 당황하고 있을 때, 라브론이 앞으로 나섰다.

왠지 검술원에 남겨두고 오면 안 된다는 불길한 예감에 데려 온 것인데, 그 덕분에 해답 역시도 빠르게 얻어낼 수 있었다.

"저들이 선생님의 축복을 받아들임으로 인해, 마신의 '기사'가 되었기 때문입니다. 쿨쩍!"

하지만 해답은 오히려 그의 머릿속을 한층 더 어지럽게만 만들 뿐이었다.

성녀를 비롯하여 이제는 성기사까지, 그가 내리는 축복의 여파가 생각이상으로 크고 자극적이었던 까닭이었다.

❖ ✛ ❖

[움직이는 순간 당한다.]

그 같은 긴장감이 등줄기를 타고 흐르며 사이람의 발목을 잡았다.

"설마, 네가 배신을 할 줄이야."

유령왕의 출현은 전신을 굳게 만드는 압박감이 있었다.

'으득!'

하지만 그는 더 이상 과거의 꼭두각시가 아니었다. 한 차례 입술을 짓씹는가 싶더니, 전신 가득 기세가 피어오르며

밀려드는 압박감과 짓누르는 과거의 무게감을 단번에 털어
내 버렸다.

"호⋯."

그의 반응에 유령왕의 눈가에 이채가 스쳐갔다.

'확실히 벽을 넘었군.'

짧은 고민 속에서 그가 물었다.

"여기서 할래? 나가서 할래?"

사이람은 쓰게 웃으며 주변을 돌아봤다. 유령왕은 시작
부터 판을 벌이려는 작정으로 온 듯싶었다. 별의 영역에 오
른 초월자들의 격전이라 할지라도 이곳 아드레안이 난장판
이 될 것이다.

하물며 그 너머에 이른 존재들의 결전이라면, 레아-발람
은 과거의 영광이 되어버릴지도 몰랐다.

"움직이시죠."

순간, 떠오른 장소는 에던과 판을 벌였던 비밀 수련장이
었지만, 왠지 그곳을 보여주고 싶진 않았다. 에던의 흔적이
거기에 남아있는 까닭이었다.

세인을 생각해 본다면, 이미 트로간을 통해서 그곳의 정
보를 얻었을지도 모르나, 그래도 일단 피하고자 하는 마음
에, 더 멀리 발길을 했다.

레아-발람의 영역은 완전히 벗어나, 사람의 흔적이 전혀
없는 깊은 산중에 오를 때까지, 그의 신형은 멈추지 않았
다.

"이쯤이 적당하겠군."

유령왕이 먼저 그처럼 이야기를 하며 자리를 잡고 나서야 그들의 이동은 끝을 맺었다.

수풀이 무성하기는 했지만, 제법 그럴싸한 공터였다. 한바탕 판을 벌이기 위한 첫 시작점으로는 괜찮다 싶었다.

이내 서로를 바라만 보길 한참, 문득 사이람이 먼저 말문을 열어 물었다.

"그 모습은… 결국 행하신 겁니까?"

"클… 당연한 걸 묻는구나."

"그럼, 그 녀석은…."

"잘 보내줬다."

사이람의 표정이 굳어졌다. 원래대로라면 그의 뒤를 이어서 이미 가문을 이끌고 있어야 할 후계의 얼굴이 떠올랐다.

'테브릭….'

혼인을 하지 않았던 만큼, 그의 핏줄이 아닌 전대 가주의 혈통을 이은 후계자로서 소개될 예정이었던 사내였다.

감히 장담하건대 아드레안의 자랑이라고 불리는 그마저도 재능의 '격'을 느끼게 만든 후계였다.

사이람의 경우에는 버서커의 실험이 잘 맞는 옷처럼 들어맞았기에 여기까지 오를 수 있었지만, 테브릭은 굳이 그같은 실험이 아니었더라도 충분히 정상을 노릴 수 있는 천부적인 재능의 소유자였다.

버서커의 실험이라는 특이성을 생각해 봤을 때, 깊은 인연을 지닌 건 아니었다.

하지만 한때나마 후계로써 준비를 갖춰가던 만큼, 나름 대화라는 걸 나누고 작게나마 인연이라는 걸 쌓았던 시간이 있었다.

버서커의 광기에 취했던 과거라면 모를까. 그 악몽의 굴레를 벗어던진 지금은 연민이라 할 만한 감정이 샘솟으며, 과거의 인연에 대한 안타까움이 밀려들었다.

"감히, 나를 앞에 두고서 분노하는 거냐?"

태연한 유령왕의 물음이 더욱 성질을 긁었다.

"후우…."

한 차례 숨을 고르며 가슴을 진정시키던 사이람의 머릿속으로 에던의 얼굴이 스치듯 지나갔다.

"주둥이 그만 나불거리고, 덤벼라."

마치, 그를 따라하듯 도발적인 한 방을 던졌고, 일순 병찐 얼굴로 유령왕이 턱을 떨치는 게 보였다.

그 순간 기다렸다는 듯 사이람이 먼저 움직였다.

'선수필승!'

깊은 산중에 때 아닌 재해가 일어났다.

❖ ❖ ❖

골이 아팠다.

"정확히는 '성' 기사가 아니라, '마' 기사라고 해야 하는데… 발음이 영 입에 안 붙네요. 쿨쩍!"

머리를 부여잡는 에던의 곁에서 라브론은 열심히 코를 넘겼다.

"개인적으로는 '흑' 기사를 추천할게요. 쿨쩍!"

혼자서 이런저런 이야기를 늘어놓고 있지만, 에던의 귀에는 제대로 들어오지 않았다.

생각지도 못한 부작용으로 인해 골머리가 아픈 까닭이었다.

'이건… 축복을 쓰지 말라는 거나 다를 게 없잖아.'

심판자며 심연의 주인이라 불리지만, 거기에는 어떠한 사명감이 따로 부여된 건 아니었다. 마신의 사자라는 위치가 애초에 그러하다는 크라이드만의 이야기처럼, 그는 그저 사용하기 편한 명패 하나를 더 들고 다니는 정도, 딱 그만큼의 부담감만을 지니고 있었다.

무수히 많은 명패를 사용해가며 다양한 이름으로 살아봤던 까닭에, 사고의 전환만으로도 부담감은 크게 없었다.

하지만 상황이 자꾸 그를 불편하게 만들었다.

'이야기가 다르잖아.'

조카아이는 성녀를 만들고 옛 지인은 '기사'로 임명해버렸다.

그로 인해서 발생한 상황이니 만큼, 무시하기도 어려웠고, 자연히 신경이 쓰일 수밖에 없었다.

물론, 애초에 스펙터라는 단체를 세우기 위해, 어느 정도는 신경을 써야 했으나, 거기에 '마신의 사자'라는 의미가 더해지면서, 괜스레 부담감을 더하고 있는 것이다.

이런 그의 마음을 읽기라도 한 걸까?

"걱정하지 마세요. 쿨쩍!"

열심히 혼잣말을 하던 라브론이 대뜸 그처럼 말을 건네며 에던에게 다가왔다.

"이곳 세상은 마신께서 다스리는 영역이 아니라서, 그분의 사자이신 선생님이나 이전의 심판자님들께서 자유로울 수 있던 겁니다. 하지만 그런 만큼 영향력 역시도 제한이 있을 수밖에 없습니다."

그 오랜 시간동안 심판자로 선택되었던 이들의 수가 극히 제한적이었던 점이 그 대표적인 예로 들 수 있었다.

별다른 사명이 부여되지 않은 것 역시도 그런 이유였다.

"축복을 부여하신다고 해서, 모두가 마신의 사자로써 선택받는 건 아닙니다."

이는 성녀와 마찬가지였다.

당연하게도 그 직위에 따른 격차라고 한다면야 없을 수 없겠으나, 성기사라는 존재들 역시도 쉬이 뽑히는 게 아닌 것이다.

"선생님과 쌓인 인연의 깊이라거나, 선생님을 향한 진실성을 통해서 선택을 받는 겁니다."

가만히 듣고 있던 에던의 눈매가 얇게 변했다.

"넌… 그런 건 또 어떻게 알고 있는 거냐?"

결국, 속마음을 고스란히 내비치며 물음을 던지니, 라브론이 히쭉 웃으며 대답했다.

"헤헤! 이래봬도 제가 차세대의 '조율자'입니다. 어리다고 무시하면 큰 코 다칠 겁니다. 쿨쩍, 킁!"

드래곤 로드인 크라이드만의 밑에서 10년이라는 시간동안 배웠다.

겨우 10년이라고 할 수도 있으나, 상대가 드래곤이라는 걸 생각해본다면, 무려 10년이라는 시간으로 바뀌는 것이다.

아이라는 점을 감안한다고 해도, 결코 가볍지 않은, 깊고도 무거운 그런 가르침이 전해졌을 것이라 추측할 수 있었다.

특히, 신성을 얻은 크라이드만의 상황을 생각해 본다면, 저주로 인한 치매의 악몽 역시도 벗어났을 것이기에, 10년의 세월을 알차게 배울 수 있었을 터였다.

그런 만큼 아이는 겉모습이나 살아온 세월만 가지고서 판단하기에 어려운 거대한 미지를 품고 있음이 틀림없었다.

[조율자!]

새삼스레 그 의미를 되새기게 만드는 순간이었다.

"믿을만한 정보겠지?"

그래서 혹시나 하는 마음에 이리 물었고, 라브론은 자신

있게 고개를 끄덕이며 힘차게 대답했다.

"당연하죠. 아버님께서 특히 자세히 가르치신 게 선생님과 관련된 것들입니다. 믿으셔도 됩니다. 저를 믿으면 주무시다가도 빵이 입안에 들어오실 겁니다."

꼭 한마디가 많은 게 단점이라고 해야 할까?

'그러면 목 막혀 뒈져.'

불같이 솟구쳤던 신뢰가 벼락처럼 떨어지는 느낌이었다. 이제는 마치 습관이 되어버린 것 마냥, 주먹이 쉴 새 없이 쥐었다가 펴지기를 반복했다.

짧은 갈등 속에서 결국 에던이 내린 결정은 간단했다.

'남자는 직진!'

퇴물이라고 불리는 은퇴 용병들이었다. 상당수가 나름의 단련을 반복해 온 덕분에, 전성기에 비해 크게 떨어지지 않는 상태를 유지하고 있었지만, 결국 그들은 '용병'이라는 한계영역을 크게 벗어나지 못하고 있는 상태였다.

현재 그가 활동하는 무대는 무려 전 대륙이었다. 용병이라는 경계선을 넘어서야 그 안에서 적합한 역할을 부여받을 수 있는 상황이었다.

축복이야말로 저들의 한계치를 새로이 쓰기 위한 최선의 방책이었다.

'어차피 돌리기에는 너무 늦었어.'

다른 방도가 없는 이상, 결국 축복에 의존할 수밖에 없는 것이다.

때문에 최대한 라브론의 이야기를 믿고 또 의지하며 축복을 시행하기로 결정한 것이다.

그렇게 세라에게 집중하는 틈틈이 스펙터에게도 집중해 갔다.

원래의 계획대로였다면 베덴의 내부 장악을 위하여 좀 더 시간을 들여서 제대로 살피고자 했으나, 성국으로 움직이기 위한 계획이 준비되어 있는 만큼, 이러한 부분들을 단축하기로 한 것이다.

'어차피 진실성이 있는 놈들은 알아서 걸러질 테니까.'

반신반의하고 있었지만, 당장 시간을 효율적으로 활용하기 위해서라도 라브론의 이야기에 기대는 경향이 컸다.

그리고,

정확히 세라의 축복의식이 끝나고 한 달의 시간이 더 흘렀을 때, 스펙터의 축복의식 역시도 마무리를 지을 수 있었는데, 그 즈음 라브론의 이야기가 틀리지 않았음이 밝혀졌다.

[은퇴한 용병과 몰락한 귀족가의 후예들.]

그들 두 무리는 나름대로 서 있는 위치가 달랐던 까닭일까?

축복으로 인해 영향력을 받는 부분도 극단적이라 할 만큼 나뉘어 있었다. 우려했던 그대로 변화를 일으키며 '기사'의 힘을 취한 이들이 생겨난 것이었는데, 그 변화가 놀라울 만큼 한쪽으로 쏠려있었다.

[은퇴 용병!]

그들은 하나같이 문제가 있었기 때문에 은퇴를 한 이들이었다. 한 팔이 없는 베덴이나 오러홀이 무너졌던 살랏의 경우처럼, 개개인이 나름의 사정으로 인해 은퇴를 결심해야만 했던 이들이었다.

뿐만 아니라 '은퇴' 라는 단어에 어울리게, 그 연령층 역시도 높았던 까닭일까?

축복으로 인한 효과를 좀 더 극적으로 받았고, 그로 인해서 여러모로 아쉬움이 있던 이들이었다. 때문에 새로이 밀려드는 활력은 그들에게는 기적이나 다를 게 없었다.

이는 '믿음' 으로 이어졌고, 더욱 단단한 '신뢰' 로 굳어졌으며, 자연스레 '진실성' 을 더해줬다.

물론, 그렇지 않은 이들도 있었지만, 그 대다수가 힘을 얻었고, 무려 스물이라는 숫자가 추가로 '기사' 로써 선택된 것이다.

그에 반해서 귀족가의 후예들은 겨우 여섯이 전부였다. 적은 숫자는 아니었지만, 용병들에 비한다면 분명 그 쏠림 현상이 심하다 할 수 있었다.

애초에 귀족가의 후계들에게는 이 같은 축복의 힘을 사용할 생각이 없었지만, 차후 이어질 무대의 규모를 생각하며, 계획을 일부 수정한 것이었다.

'총… 서른인가.'

그라넥까지 포함시켰을 때, 새로이 탄생한 사자의 숫자였다.

애매한 숫자라 할 수도 있겠지만, 오히려 너무 과하지 않아서 딱 적당하다는 생각이 들었다.

대략 모여든 인원의 절반가량에 해당하는 숫자였다.

'어차피 저들을 휘하로 부릴 생각은 없었으니까.'

진실성이니 뭐니 하며 충성심을 강요하거나 할 생각이 없는 까닭에, 저만큼의 숫자에서 멈춰준 게 다행이었다.

오히려 좀 더 적었으면 좋았을 걸, 하는 아쉬움마저 있을 정도였다.

"어쨌든… 대충 일단락 된 건가?"

당장 스펙터에게 베풀 수 있는 건 전부 마친 상태였다. 남은 건 저들이 축복으로 말미암아 새로운 도약을 준비하는 것이었다.

이는 저들의 몫이니 만큼, 굳이 그가 함께하지 않아도 충분할 거라 여겼다.

"…그렇다면 이제는 성국인가."

슬슬 새로운 여정을 준비하려는 찰나, 뜻밖의 소식 하나가 날아들며 그의 발걸음을 붙잡았다.

[사이람 아드레안!]

그의 병환에 관련된 소식, 아니 사건이었다.

별의 영역에 오른 초인은 어지간한 저주나 암흑마법도 맨몸으로 견뎌낸다고 알려질 정도로 그 육신이 튼튼했다.

이는 외적인 부분만이 아닌 내적으로도 그 단단함을 의미하고 있었고, 그런 이유로 인해 초인과 병환이라는 단어의 조합은 너무도 생소하면서 또 어색한 것이었다.

하물며 상대는 그 별빛의 너머에 오른 존재였다.

"병환이라고?"

에던의 눈매가 얇아졌다. 믿기 어려웠지만, 무조건적인 의심을 내세우기보단, 일단 경험이 풍부한 이의 도움을 얻은 뒤에 판단을 하고자 했다.

"영감님은 어떻게 생각하십니까?"

헤일러에게 사이람의 소식을 전하고, 그에 관한 의견을 물었다. 그보다 앞서서 별빛 너머에 올랐으며, 오랜 시간을 그곳에 머물러온 존재가 아니던가.

뿐만 아니라 살아온 세월 역시도 만만치가 않았고, 몽크 대법관이라는 위치답게 지닌바 공부의 축적량도 어마어마했다.

물론, 공부의 양에 대해서 이야기한다면 의외로 라브론 역시 빼놓을 수는 없겠으나, 그는 드래곤의 공부를 배운 것이지 인간들의 공부를 익힌 게 아닌 만큼, 질병과 관련된 부분까지 알고 있지는 않았다.

"그냥 마법 한 방이면 낫는 거 아닌가요?"

오히려 이렇게 물어오는 아이의 물음에 도리어 할 말을 잃어버렸을 정도였다.

때문에 이 같은 의문에는 헤일러가 적격이었다. 그리고 헤일러는 이에 대해서 한 마디로 일축했다.

"개소리지."

별의 영역을 괜히 '초월자' 라고 부르는 게 아니다. 인간의 한계선을 뛰어넘는 까닭이었다. 그 육신마저도 청춘으로 돌아가려 들며, 이치마저도 일부 조율하려 드는 게 초월적 존재들이었다.

"왜? 드래곤이 감기에 걸렸다고 그러지."

헤일러가 일갈할 때, 곁에서 라브론이 외쳤다.

"엣취! 쿨쩍…."

잠시간의 침묵이 이어졌지만, 오래지 않아 다시금 이야기가 재개되었다. 마치 당연하다는 듯 라브론은 제외한 채 이야기는 진행되고 있었다.

"…쿨쩍…."

아이는 조용히 코를 훔칠 뿐이었다.

"전염병이 도는 곳은 치료사보다 신관들이 주로 담당하는 이유가 뭐라고 생각하나?"

대뜸 이어지는 헤일러의 물음에 에던이 한 차례 생각을 하다 짧게 답했다.

"성력… 때문인 걸로 알고 있는데, 아닙니까?"

"맞아. 성력이 있고 없고의 차이지. 전염병이 발생하는 곳에는 필히 저주가 발생하고, 일반적인 치료사들은 이를 감당할 수가 없기 때문에 어지간히 급한 경우가 아니고서 는 신관들이 주로 담당을 하는 거지."

하지만 그것 외에도 결정적인 이유가 하나 더 있었다.

"성력이라는 건 마법사들의 마나와 기사들의 오러 그리 고 정령사의 영력과 마찬가지로 신체에 변화를 준다네."

그런 이유로 연약해 보이는 신관이라 할지라도 일반적인 성인 남성보다 더 튼튼하고 건강한 경우가 많았다.

"기사들에 비할 바는 못 되겠지만, 나름대로 강화가 된 다고 보면 될 거야."

이런 복합적인 이유로 신관들이 전염병에 걸린 지역을 주로 담당하는 것이었다.

물론, 그럼에도 불구하고 간혹 전염병에 노출되는 신관 들이 나오는 경우도 있었지만, 안전지대로 물러난 뒤 주변 신관들이 성력을 북돋아 주면, 오래지 않아 자리를 털고 일 어나고는 했다.

"그 연약해 빼는 신관들도 성력이라는 힘을 얻어서 전염 병을 이겨내는데, 경지를 이뤄 신체적으로나 정신적으로나 온전히 벽을 넘은 사람이 병환에 쓰러졌다고? 자네는 이게 말이 된다고 생각하나?"

"개소리군요."

에던 역시도 그와 같은 대답을 입에 올렸다.

"그렇다면…."

"…당한거지. 뭘 고민해."

당했다? 누가? 무엇을? 어떻게?

수많은 생각들이 머릿속을 떠돌며 답을 찾아 헤매였다.

'아드레안의 가주가… 당했다?'

병으로 누워있는 게 아닌, 부상으로 인해 몸져누웠다는 결론에 도달한 것이다.

물론, 한 가지 가능성이 더 남아있기는 했다.

[연극!]

사이람이 모종의 이유로 인해 스스로를 감추고 낮추며 추락시킨 것이다.

하지만 직감적으로 후자가 아닌 전자 측으로 생각이 굳어지려 했다. 이유라고 해도 '감'이라는 말밖에는 할 말이 없었지만, 그럼에도 굳이 이유를 대라고 한다면, 아드레안을 떠나기 전에 봐 왔던 사이람의 태도였다.

'암전과 칠성좌 그리고 아드레안까지….'

그 모두를 아우르는 미지의 힘이 그들 너머에 존재하고 있다는 느낌을 받은 것이다.

간간히 사이람의 동공 너머로 비쳐지던 떨림에서 그 같은 예감을 받았으나, 굳이 이를 캐묻지는 못했다.

많은 것을 이야기 해 줬던 사이람이건만, 굳이 이를 드러내지 않았다는 부분에서, 그가 감추고자 한다는 걸 느낀 것이다.

물론, 자신의 착각이라고 여긴 부분도 제법 컸다.

게다가 그런 연기를 하기에는 사이람의 위치나 그의 경지가 너무 큰 걸림돌이었다.

'어쩌면… 착각이 아닐지도 모르겠네.'

병환이라는 소식에 가장 먼저 들었던 생각이 그것이었기에, 더더욱 이 부분을 향한 의심도가 높아져갔다.

"일정을 좀 변경해야겠네요."

그의 이야기에 헤일러가 물었다.

"아드레안에 들리게?"

"예. 아무래도 성국은 그 다음에 가야겠습니다."

어차피 가능 방향에 있기도 했다. 조금 돌아가야 한다는 차이점이 있기는 하나, 먼저 아드레안을 들렀다가 성국으로 넘어가면 되는 것이다.

하지만 굳이 이렇게 언급하는 건, 그가 성국으로 향하는 것에는 헤일러의 부탁도 있던 까닭이었다.

[한 번 살펴봐주게.]

성국 내부에 짙은 어둠이 깃들었을지도 모른다는 이야기에, 에던을 향해 그처럼 부탁을 했기 때문이다.

애초에 에던이 성국으로 향할 것이기에 그런 부탁을 한 것이기도 했다.

여동생을 비롯하여 조카들까지, 이래저래 도움을 받은 것들이 많은 까닭에, 에던은 그의 부탁도 들어주기 위해서라도 성국으로 향하는 여정을 빠르게 꾸리고자 했었다.

하지만 상황이 그를 아드레안으로 이끌었다.

"뭐, 그렇게 하게나."

다행스럽게도 헤일러가 흔쾌히 고개를 끄덕여보였다.

사실, 성국의 문제는 그가 직접 움직여도 되는 걸, 굳이 에던에게 떠넘긴 감도 있었기에, 재촉하고 싶은 마음이 없었다.

몽크들은 성국에서 쫓겨나듯 나왔던 까닭인지, 성국과의 관계가 좋은 편은 아니었다.

간간히 옛 문헌을 살피고자 들어가는 경우가 있었지만, 그나마도 정문이 아닌 쪽문이며 샛길이었다.

특히, 그와 같은 대법관의 위치에 있는 이들은 눈엣 가시마냥 눈총을 받고는 했다. 당연히 그런 걸 신경 쓰지는 않지만, 불편한 관계인 건 분명한 사실이었다.

여러모로 복잡한 내부사정이 있는 것이다.

"고생하시게."

헤일러는 그리 말하며 에던의 어깨를 한 차례 두드렸고, 그렇게 새로운 일정이 꾸려졌다.

❖ ❖ ❖

전투는 치열했다.

상당부분 예상하고 있던 까닭에 놀랄 이유는 없었건만, 경악하고 또 기겁할 수밖에 없었다.

'검이라니…'

기억 속 유령왕의 이미지는 '마법사'였다.

그것도 대마도사마저 넘어서는 무언가로써, 짐작컨대 그
저 전설처럼 여겨지는 여덟 번째 고리의 주인이라 불리는
'현자'라는 게 유령왕의 위치일 거라 여겼다.

하지만 사이람을 상대하고 있는 건 뜨거운 마력의 폭풍
우가 아닌, 서늘한 오러의 광기였다.

충격이며 공포였다.

'마법에 검까지?'

둘 모두를 통달하고 있다는 의미가 소름끼치게 등줄기를
두드리며 뒷목을 흔들었다.

"제법이네."

그 말을 끝으로 대결은 끝났다.

"다음에 또 보자!"

유령왕은 그 말과 함께 허공중으로 떠올랐고, 저 멀리 날
아가 버렸다.

승부의 결과는?

무승부였다.

하지만 사이람은 내심 짐작하기를 6대 4 정도로 그의 승
리를 점쳤다.

말인 즉,

'설마… 도망을 칠 줄이야.'

유령왕이 물러난 데에는 다 그만한 이유가 있던 것이다.

하지만 그럼에도 불구하고 무승부라는 결론을 내린 이유는 따로 있었다.

'정상이 아니었지.'

치열하고 격렬한 승부가 이뤄지는 와중이기에 느낄 수 있었다. 검을 맞대고 살을 부딪치며 열기를 마주하면서 호흡을 나누기에, 자연히 전해지는 게 있는 것이다.

유령왕은 전력을 내비칠만한 상태가 아니었다.

'아직 육신에 적응을 못 한 것처럼 보였지.'

기억하고 있는 유령왕의 모습은 그야말로 이야기 속에나 나올 법한 리치 마법사의 이미지가 강했다.

뼈마디만 앙상한 외형과 얼굴 위로 시푸른 안광이 번뜩이는 걸 보고 있노라면, 그저 존재 자체만으로도 공포스런 분위기를 자아낼 수 있을 정도였다.

외형적으로는 드러나지 않았지만, 분명 그는 정상이 아니었다.

'그 상태로도 6대 4인가. 하!'

입맛이 썼다.

짧지 않은 격전이었고, 산 하나가 완전히 망가졌다.

그리고,

'나도 망가졌나….'

엉망이었다. 내부는 꼬였고 오러홀은 흔들렸으며 육신은 무너지려 하고 있었다.

철저히 검으로만 승부를 보던 유령왕이 대뜸 마법을 써서 날아간 이유가 있었다.

그 역시도 마찬가지로 육신이 망가졌기 때문이다.

병환?

그 같은 소문과 달리 그는 중상으로 인해 몸져누운 것이었다.

한 차례 말썽이 있었던 기사왕과 용병왕의 마찰, 거기에서 에던과의 결전 결과에 대해 알려진 건 아니지만, 드레이안에서 사이람이 에던을 대하던 태도에서 대략적인 상황이 전해진 상태였다.

그런 와중에 또 다시 그가 엉망인 상태로 치료실에 누워있다는 소문이 나면 어찌 되겠는가.

'가문의 위상이니 뭐니 하면서 난리를 쳐대니. 쯧! 어쩔 수가 있나.'

병환이라는 거짓 소문을 퍼트린 채, 조용히 방 안에만 틀어박힐 수밖에 없었다.

"그나저나, 큰일이네!"

아무리 부상이 심각하다지만 아드레안의 치료실이 지닌 실력과 그곳에 머무는 신관들의 능력이라면, 어지간한 중상도 금세 치료가 가능하고, 그게 아니더라도 외형적으로는 티가 안 날 정도로 위장하는 게 가능했다.

그럼에도 불구하고 굳이 '병환'이라는 소문을 퍼트려야만 했던 결정적인 이유는 사실 따로 있었다.

'영… 낫지를 않으니.'

치료사나 신관의 존재를 제쳐두더라도, 그 본인 스스로가 별빛 너머의 힘을 취하며 남다른 회복력을 지니고 있기도 했건만, 망가진 육신은 도통 나아지려는 기미가 보이질 않았다.

오히려 악화가 되는 중이라고 해야 할까?

그가 지닌 회복력에 치료사 그리고 신관의 힘이 더해지면서, 가까스로 현상유지만 하고 있는 느낌이었다.

'대충 이유는 알 것 같은데….'

회복이 안 되는 건 유령왕과의 결전 중에 내부로 스며든 기운 때문이었다.

'버서커의 광기.'

너무도 익숙한 기운이기에 모를 수가 없었다.

'치명적이네.'

이번 결전에서 생각지도 못한 약점이 드러나 버렸다.

유령왕이 씌웠던 버서커의 굴레를 벗어난 게 최근이었다. 그나마도 광기의 잔재는 여전히 남아 있어서, 한 줄기 불안감을 가슴 한편에 남겨두고 있기도 했다.

그게 말썽을 일으킨 것이다.

'유령왕의 광기가 남아있던 잔재를 건드릴 줄이야.'

만약, 그가 새로이 변화한 육신에 완벽하게 적응하고, 이를 제대로 받아들였더라면 이런 문제가 발생하지는 않았을 것이다.

하지만 앞서 언급했듯이, 최근 들어서 겨우 벗어난 굴레였다. 지난 세월의 '기억'이 남아있는 것이다.

"후우… 골 때리게 됐네."

한숨과 함께 욕지거리가 샘솟는 순간이었다.

그 순간,

"몰골이 영 말이 아니네요."

너무나도 반가운 목소리와 함께 그의 거처로 의외의 방문자가 찾아들었다.

"자네…."

어느새 방문을 넘은 것일까? 에던이 치료실 입구에서 그를 보며 손을 살랑거리고 있었다.

5. 흔적.

5. 흔적.

한 눈에 봐도 정상이 아니라는 게 보였다.

어지간한 부상이라 할지라도 단숨에 잡아내는 그의 육신 정도까지는 아니더라도, 별빛 너머에 이른 신체는 충분히 몬스터 수준의 회복력을 보여주기에 충분할 터였다.

그럼에도 불구하고 외형적인 이상이 눈에 띄었다.

'나름 위장은 잘 한 모양이지만….'

얼핏 봐서는 알 수 없어 보였지만, 에던의 눈썰미를 속이기는 어려웠다.

"이건 뭐, 산송장이네."

"허…."

에던의 날카로운 한마디에 헛웃음이 절로 나왔다.

"…오랜만이군."

잠시 한숨을 쉬는가 싶던 사이람이 그처럼 인사말을 건네며 몸을 일으켰다.

"불편해 뵈는데, 그냥 누워 계시죠."

그 말과 함께 에던이 침상 옆에 의자를 가져다가 앉았다.

"어디 얼마나 다친 겁니까?"

"뭐… 보고 있는 그대로네."

"새해 들어서 가장 뜨거운 소식이었습니다."

"헛! 그 정도였나?"

"당연하죠. 아드레안의 가주가 병환이라니. 그게 말이나 됩니까?"

사이람이 쓰게 웃으며 답을 피했다. 그 역시도 말이 안 된다고 여긴 까닭이었다.

아직 세상에는 알려지지 않았지만, 그는 별빛 너머에 오른 초월자였다. 병환이라는 단어가 가장 어색한 존재인 것이다.

애초에 별의 영역에서도 생각하기 어려운 상황이었다. 짐작컨대 별을 품고 있는 왕국이나 세력들 대부분이 이번 사태를 의심하며 의혹의 눈길을 보내고 있을 거라 여겼다.

"누굽니까?"

단도직입적인 에던의 물음에 사이람이 슬쩍 시선을 피했다. 그간 숨겨왔던 걸 이제와 드러내려니 선뜻 입이 떨어지지 않는 것이다.

애초에 그가 해결을 하기 위해서 숨겼던 것이니 만큼, 그의 선에서 마무리를 하고 싶은 마음이었다.

'…내 선에서?'

하지만 갈등이 일 수밖에 없었다. 한 차례 마주하고 겪어본 유령왕의 수준은 그를 압도하고 있던 까닭이었다.

물론, 결과는 6대 4로써 그의 우위로 나왔지만, 유령왕의 상태를 생각해봤을 때, 결국 그의 능력 밖이라는 생각을 지우기가 어려웠다.

일단 아드레안 내부를 정리한 뒤, 이후 차근차근 유령왕을 대비하면서 승부를 준비하려 했건만, 일찌감치 계획이 어긋나버렸다.

그래서일까?

더더욱 그 혼자서 감당하긴 어렵다는 생각이 자꾸만 밀려들고 있었다.

"후우…."

나직한 한숨과 함께 이리저리 헛돌기만 하던 그의 시선이 에던에게로 향했다.

그리고,

숨겨왔던 이야기가 하나 둘 풀려나왔다.

❖ ❖ ❖

의외라고 해야 할까?

"놀라울 정도네."

레일라는 그 같은 감탄사와 함께 레아-발람과 아드레안
을 쭈욱 살폈다.

"뭐가 그렇게 놀라운데?"

곁에서 이런 그녀의 감탄에 의문을 느낀 듯, 셰릴이 그처
럼 물음을 던져왔다. 이에 한 차례 그녀와 시선을 맞춘 레
일라가 다시금 아드레안을 살피며 입을 열었다.

"기사왕의 쉼터라는 곳에 마도의 정수가 묻혀있으니
까."

"마도의 정수?"

재차 이어지는 물음에 레일라가 아드레안의 건물들이나
도로 그리고 곳곳에 세워져있는 조형물들을 가리켰다.

"전부 마법적인 의미를 지닌 배치들이야."

뿐만 아니라 그 안에 감춰진 마도의 흐름으로 봤을 때,
그 하나하나가 마도구적인 역할을 하고 있을지도 몰랐다.

이야기를 듣던 셰릴의 표정이 굳어졌다.

'마도의 정수라고?'

스스로가 마도에 오른 레일라의 이야기였다. 마법에 관
해서만큼은 한 손에 꼽히는 존재인 것이다.

'레아-발람에?'

흥미롭다는 듯 레일라는 두 눈을 반짝이며 아드레안의
거리를 거닐기 시작했고, 셰릴은 역시도 두 눈 가득 빛을
뿜으며 그 뒤를 따랐다.

레일라에게 있어서 이곳 아드레안은 초행길이었지만, 셰릴의 경우에는 전혀 달랐다.

무려 기사들의 성지라 불리는 아드레안이었다. 바록 그 영역은 공국 수준도 되지 못하나, 그 전력은 왕국들도 경계해야 할 만큼 어마어마한 장소였던 까닭에, 정보단체의 수장으로써 몇 차례 직접 방문하며 이곳을 살폈던 경험이 있었다.

이는 그녀뿐만 아니라 이전의 여왕들에게도 포함되는 이야기였다.

하지만 그녀들 중 누구도 '마도의 정수'라는 내용에 닿았던 이들은 존재하지 않았다.

오랜 세월 속에서 내린 결론을 굳이 꺼내들자면, 마법적인 방비가 되어 있다는 정도가 전부였다.

레드문의 역사 속에는 마법에 경지를 이룬 여왕도 간혹 출현했다는 걸 생각해 봤을 때, 이곳 아드레안의 마법적 수준은 실로 범상치 않은 영역에 닿아있을 거라 여겼다.

애초에 레일라가 감탄을 터트렸다는 부분에서 이미 그 비범함이 드러난 것이나 다름없었다.

여러 차례 눈에 담고 살피고 또 분석해왔던 아드레안의 구조물들이 왠지 낯설게 다가오는 순간이었다.

그렇게 거리 곳곳을 살피길 한참, 셰릴이 슬쩍 물음을 던졌다.

"어느 정도인 것 같아?"

레일라가 일부 굳어버린 얼굴로 잠시간의 고민 끝에 입을 열었다.

"마탑 수준."

짧은 한 마디였지만, 충분한 대답이었다.

[마탑!]

기사들의 성지라 불리는 곳이 아드레안이라면, 마법사들의 성지라고 불리는 장소는 마탑이었다.

명문 검가라 불리는 장소가 대륙 곳곳에 자리해 있듯, 마탑 역시도 그 숫자가 한 둘이 아니기는 하나, 그들 모두가 성지라고 불릴 만큼 오랜 역사들을 자랑하고 있었다.

그리고 이 같은 역사만큼이나 많은 마법적 지식들이 마탑 가득 새겨져 있었다.

그야말로 마도학의 결정체라고 할 수 있을 정도였다.

'마도의 정수…'

앞서 언급되었던 그 내용이 새삼 머릿속에 각인되고 있었다.

또 다시 물음을 던지려던 셰릴이 이내 입을 닫으며 침묵을 지켰다. 한껏 굳어버린 레일라의 얼굴을 본 까닭이었다.

이곳 아드레안에 숨겨진 마도의 공부에 긴장한 듯, 이마 위로 굵직한 식은땀마저 흘리고 있었다.

건물들을 살피는 시간이 길어질수록 얼굴의 그늘이 짙어지고 있음에, 그 같은 부분을 충분히 짐작 가능했다.

이 같은 그녀의 모습에 나직이 한숨을 내쉰 셰릴이 슬쩍 시선을 돌려 뒤를 돌아봤다.

'그나저나… 잘 보고 있는 거겠지?'

어째서인지 불만스런 기색이 동공 가득 차오르고 있었
다.

❖ ❖ ❖

"맛있네요."

"맛있군요."

"맛납니다!"

연신 감탄사를 터트리는 아이의 모습을 보고 있노라면,
괜스레 짜증이 치밀었다.

'끄응… 각오하고 오기는 했지만.'

프레이는 인상을 한껏 구기며 앞장서서 걷고 있는 아이,
라브론을 쳐다봤다.

[그러면 아이는 네 몫이다.]

이번 여정이 성국으로 이어진다는 소리에 헤일러가 그녀
를 붙여준 것인데, 에던에게 마음이 있던 까닭에 슬쩍 그가
등을 떠미는 대로 여정에 끼어든 것이다.

하지만 거기에는 '셰릴'이라는 암초가 있었으니, 결국
라브론을 전담한다는 명목으로 따라붙을 수밖에 없었다.

'굳이… 이렇게까지 해야 하나?'

자존심이 상해서라도 여정에서 빠질까도 싶었다. 하지만

에던에게 느끼는 감정이 하루가 다르게 커져가는 까닭일까?

선뜻 발을 뺄 수가 없었다.

'하아….'

헤일러가 했던 이야기가 떠올랐다.

[먼저 좋아한 쪽이 지고 들어간다더라.]

그녀의 마음은 또 어찌 않아낸 것인지 그 같이 말하며 속을 벅벅 긁어대는데, 또 전혀 틀린 말은 아니었던지, 결국 여기까지 와 버렸다.

아드레안에 이르는 여정 내내 라브론을 전담했고, 이곳에 도착하고 난 이후에도 맡고 있었다.

검술원에서 아이들을 가르치다보니 나름대로 아이들에게는 적응을 한 상황이지만, 폭풍의 마녀라고 불리던 그 성격이 전부 죽은 건 아닌 까닭에, 이처럼 원치 않던 상황에 속이 끓는 것까지는 막을 수가 없었다.

'다들 어디로 간 거야?'

이곳에 오는 와중에는 에던과 함께했던 까닭에, 그나마 화를 식힐 수 있었지만, 도착과 동시에 갈라져버리면서, 이마저도 어려워진 상황이었다.

'저 음흉한 변태 꼬맹이를 혼자 맡으라니… 젠장!'

여정 내내 지켜본 까닭에 모를 수가 없었다.

레일라와 셰릴 두 여인을 보며 눈을 반짝이던 라브론의 눈빛은 결코 정상적이질 못했다.

그 시선의 끝이 향하는 곳을 확인할 때면, 절로 머리가 끓고는 했는데, 결정적으로 그녀를 분노하게 만드는 건, 라브론의 시선이 그녀에게 이를 때마다 옅은 실망감으로 물드는 부분이었다.

'젠장… 젠장… 젠장….'

열심히 가슴을 쭉 피며 당당히 자신감을 강조해 보지만, 두 여인에 비한다면 아무래도 한 수 접어줘야 한다는 걸 인정할 수밖에 없었다.

스스로 부족함을 느낀 적이 없건만, 이런 식으로 좌절감을 맛보게 될 줄이야.

'망할 변태 꼬맹이!'

그녀의 앞을 걸으며 열심히 군것질을 하고 있는데, 그야말로 천진하기만 한 모습이었으나, 그녀에게는 얄밉게만 다가올 뿐이었다.

특히, 저 입으로 들어가는 간식거리들이 죄다 그녀의 주머니에서 나왔다는 걸 생각해 본다면, 주먹이 간질거리는 것도 전혀 이상하질 않았다.

'그나저나… 큰일이네.'

어쩌다 보니 이곳 아드레안까지 와 버렸고, 이제는 슬슬 다음 여정을 생각할 수밖에 없었다.

[성국!]

아무래도 몽크의 공부를 배우고 익혔다고는 하나, 안타깝게도 그녀는 여태껏 성국의 문턱 한 번 넘어본 적이 없었다.

애초에 몽크들 중에서도 성국에 발을 들이는 이들이 드물다는 걸 생각한다면, 크게 이상한 일은 아니었다.

허나 그녀가 동행하게 된 이유가 문제였다.

[성국은 꿰고 있으니까. 데려가.]

말도 안 되는 헤일러의 주장으로 인한 참여였던 만큼, 다음 여정이 긴장될 수밖에 없었다.

당연하다면 당연하게도 셰릴이 그 부분에 대해서는 문제없다며 밀어내려 했지만, 결국 헤일러의 강렬한 주장아래 그녀의 합류가 처리된 것이다.

출발 전에 헤일러에게 성국 내부에 대한 이야기를 상세히 전달 받았고, 이제는 머릿속에 꽉 박히듯 새기고 있지만, 아무래도 직접 본 건 아닌 까닭인지, 역시나 긴장이 되는 건 어쩔 수가 없었다.

"이것 먹고 싶어요."

문득, 아이의 외침에 시선이 돌아갔다. 라브론이 또 새로운 먹거리를 발견한 듯 그녀를 부르고 있었는데, 허락을 구하기도 전에 이미 입 안 가득 음식을 욱여넣는 중이었다.

'끄으으응….'

폭풍의 마녀라 불리던 용병계의 파괴자가 자꾸만 수면 위로 고개를 들이밀려 했지만, 상대가 코먹이 꼬맹이라는 걸 상기하며 가까스로 화를 억누를 수 있었다.

그렇게 몇 차례 더 아이의 먹거리를 충당시키며 얼마나 걸었을까?

문득 거리 한편으로 어둠이 밀려드는 걸 느꼈다. 어느새 태양이 지고 달이 차는 시간에 이른 것이다.

그리고 이 즈음, 프레이는 기이한 느낌을 받았다.

오싹…

등허리를 타고 흐르는 불쾌한 감각이라고 해야 할까?

하지만 워낙 찰나의 순간에 스치듯 지나갔던 느낌이었던 까닭일까?

'…뭐지?'

한 차례 고갯짓과 함께 의문을 떠올렸다.

"이것 계산이요."

동시에 날아드는 아이의 외침에 생각은 결국 뇌리 한편으로 밀려나버릴 수밖에 없었다.

"이것도 사주세요. 저것도요. 요것도….”

주머니가 가벼워지는 만큼 주먹은 무거워지고 있었다.

❖ ✛ ❖

분명, 놀라운 이야기를 풀어놓고 있었다.

'하지만… 침착하군.'

그러한 반응에서 짐작하길, 이미 어느 정도는 짐작하고 있었다는 게 느껴졌다.

사이람은 작게 고개를 끄덕이며 남은 이야기들을 풀어놓고, 그렇게 찬찬히 숨겨진 비밀들을 정리했다.

모든 이야기가 끝날 즈음, 에던이 가볍게 손가락을 튕겼다.

"현자의 돌!"

나직하니 읊조리는 단어가 낯설지는 않았다. 이미 이야기 속에서 그가 몇 차례 언급한 단어였던 까닭이었다.

그와 동시에 하나의 물음을 던져왔다.

"성국입니까?"

사이람이 크게 놀란 얼굴로 에던을 바라봤다. 그저 짐작하는 정도라고 여겼건만, 어쩌면 그게 아닐지도 모른다는 생각이 든 까닭이었다.

"어찌 알았나?"

때문에 이를 확인하고자 역으로 물음을 던졌다.

"역시…."

마치, 대답을 대신하듯 흘러나온 에던의 반응에서, 그저 찔러봤던 것뿐이라는 걸 알 수 있었다. 하지만 그렇다고는 해도 성국까지 그 추측이 닿았다는 게 놀라웠다.

암전과 칠성좌 그리고 아드레안까지, 어느 곳에서도 성국과의 연결고리를 찾기란 어려웠을 것이기 때문이었다.

분명, 아무렇게나 나온 추측일 리가 없었다. 나름의 근거가 있을 거라 여겨졌다.

"어째서 그렇게 생각한 건가?"

호기심을 참지 못한 듯, 결국 묻고야 말았다. 그에 에던이 잠시 고민을 하다 입을 열었다.

"현자의 돌과 관련된 전문가를 만났죠."

받은 것이 있으니 조금쯤은 내어줘도 된다는 생각으로 정보를 일부 풀었다. 물론, 굳이 드래곤을 언급할 필요까지는 없었다.

'으음… 현자의 돌이라….'

많은 생각을 하게 만드는 대답이었지만, 에던의 대답에서 선을 긋는 느낌을 받았기에, 호기심을 적절히 통제해야만 했다.

대답한 마법사 혹은 학자를 만났을 거란 짐작만 할 뿐이었다.

'그러고 보니….'

에던 일행 중에 마도사가 있다는 정보가 떠올랐다. 마도사라면 가능성이 있을 거라 여겼다.

"성국이라는 것까지는 알겠는데, 좀 더 정확한 정보는 없습니까?"

유령왕에 대한 건 들었지만, 그가 어디에 머물고 있는지에 대해서는 아직 이야기를 하지 않은 상태였다.

물론, 이왕 시작한 이상 감출 생각은 없었다.

"왕의 무덤."

에던의 눈에 불이 들어왔다. 이미 헤일러를 통해 의심하고 있던 장소들 중 하나였기 때문이었다. 그리고 이런 반응에 사이람은 에던이 생각보다 더 자세하게 알고 있다는 걸 깨달았다.

'보통이 아니군. 역시… 레드문일까?'

일행 중에 있다는 마도사와 저 대륙 최고의 정보단체가 힘을 합쳐서 생각하니, 그 가능성이 더욱 높아졌다.

'어쩌면… 스승님일지도….'

함께했던 시간이 짧았던 만큼, 헤일러에 대해 많은 걸 아는 건 아니었지만, 그 살아온 세월만큼 많은 지식들을 지니고 있을 거란 추측 정도는 가능했다.

"그나저나 몸 상태가 이래서, 계획이고 뭐고도 없을 것 같은데. 괜찮겠습니까?"

에던의 이어진 물음에 사이람이 쓰게 웃었다. 그의 말처럼 당장 몸 상태로 인해 아드레안 내부는 크게 들썩이고 있는 중이었다.

드레이안에서 보여준 연무로 인해, 한 차례 그에게 손을 뻗었던 4대 가문이 그의 부상소식에 내민 손을 접으려 하고 있었다.

"골치 아프게 됐지."

입맛이 쓰다고 해야 할까?

그나마 다행이라면 얻어야 할 게 확실한 까닭에, 4대 가문이 완전히 손을 접지는 않을 것이라는 점이었다.

"회복만 하면 해결 될 문제네요."

"그게 쉽지가 않으니 문제지."

"도와드립니까?"

에던의 물음에 사이람이 잠시 말문을 닫았다. 이미 유령왕에 대한 이야기를 풀어놓는 것으로써, 도움이라 할 만한 걸 구한 것이나 다름없었다.

헌데, 가문 내의 문제까지 직접적으로 도움을 청한다?

거기까지는 생각하고 싶지 않았다.

"미안…."

"회복시켜 드리죠."

거절하려는 찰나, 에던이 불쑥 뜻밖의 제안을 해왔다.

'회복을?'

너무 쉽게 그 같은 이야기를 꺼낸다는 생각이 들었고, 그 때문인지 자연히 생겨나는 의문이 있었다.

"마치… 방법이 있는 것처럼 말하는군."

이야기를 하며 버서커의 광기가 지닌 어둠에 대해서도 짧게나마 설명을 했었다. 그럼에도 불구하고 이 같은 반응을 보인다?

대답을 기대하는 사이람의 심정을 거꾸러트리듯, 에던은 오히려 물음을 던져왔다.

"지난번에 돌려보냈던 이들은 잘 지내고 있습니까?"

그 순간 사이람의 눈가에 빛이 맴돌았다.

'아…!'

트로간에서 에던을 습격하고자 보냈던 버서커들에 대한 내용이 떠오른 것이다.

이미 트로간과 거리를 벌리던 시기였던 까닭에, 정확한 정보를 얻지는 못했지만, 분명 살아 돌아왔다는 것과 그들이 여전히 살아있다는 점이었다.

생존이라는 점에서 의아했음에, 이를 좀 더 파고들었고 거기서 살아남은 이들이 '폐기'가 되었다는 것까지 알아냈다.

이유인 즉,

'버서커의 광기가 전부 사라졌다고 했던가?'

그 원인을 파악하기 위한 새로운 실험체로써, 아드레안의 명부에서는 폐기가 되어버린 것이다.

만약, 내부의 이 광기를 통제하고 억누를 수만 있다면, 충분히 회복하는 건 문제가 없을 터였다.

그리고 이는 가문의 일을 건드는 게 아닌 만큼, 얼마든 받을만한 도움이라고 여겨졌다. 부담감이 상당부분 덜어지는 것이다.

"부탁하지."

때문에 그는 이 같은 결론을 내어놓을 수 있었다.

앞서 물음과는 전혀 맞지 않는 대답이었지만, 에던이 가볍게 고개를 끄덕이며 입을 열었다.

"시간은 좀 걸릴 겁니다."

그리 이야기한 에던이 사이람에게 다가갔고, 이내 회복과 함께 본격적인 치유가 시작되었다.

❖ ✚ ❖

어둠이 짙어지고 있음에, 식사도 해결할 겸 해서 잡아

놓았던 숙소로 모여들었다.

"에던은?"

한 사람 머릿수가 부족함에, 프레이가 그처럼 물었다. 세릴이 눈살을 찌푸리다 짧게 답했다.

"아직."

세릴과 레일라 그리고 프레이까지, 그녀들 사이에 흐르는 묘한 긴장감 때문일까?

"하악… 하악…."

라브론의 숨소리가 거칠어지기 시작했다.

따악!

그 순간 세릴의 주먹이 불을 뿜었다.

에던이나 다른 여인들과 달리, 그녀는 라브론의 불순한 눈초리를 마냥 넘겨줄 생각이 없었다.

"끄학…."

제 머리를 부여잡은 라브론이 울상을 지었다.

"요놈의 변태 꼬맹이!"

그리 말하며 재차 주먹을 흔들어대는 세릴의 모습에 라브론이 입술을 삐죽 내밀었다.

"그나저나… 혹시 뭐 찾아낸 건 없어?"

세릴이 그처럼 말하며 프레이를 바라봤다. 그들이 따로 거리를 걷게 된 건, 서로가 불편했던 이유도 있지만, 그보다는 이곳 아드레안을 살피며 이상한 부분이 없는지 조사하는 역할도 있었다.

아드레안의 숨겨진 시선이나 수비체계를 생각하면서, 일반적인 관광객의 느낌으로 천천히 거리를 거닌 것이지만, 그것만으로도 이미 레일라는 특이점을 찾아내지 않았던가.

때문에 프레이에게 그처럼 묻는 것이다.

좀 더 정확히는 라브론을 향한 물음이기도 했다. 이미 에던을 통해 라브론의 정체에 대해서 들은 까닭이었다.

셰릴과 레일라 역시도 침묵의 숲을 거쳤고, 레-그라자에서 생활했던 경험이 있으며, 드래곤에 대해서도 작게나마 아는 바가 있던 까닭에, 주저 없이 밝힌 것이다.

[지켜줬으면 좋겠어.]

다음 세대의 조율자가 될 존재였다. 그런 의미에서 에던은 그녀들에게 라브론의 안전을 부탁할 수밖에 없었다.

[헤츨링!]

어린 드래곤을 칭하는 용어로써, 고대로부터 드래곤 슬레이어라 불리는 이들은 대개 헤츨링을 상대로써 칼을 들었다는 식의 이야기가 많았다.

말인 즉, 드래곤이라 할지언정 어린 시절부터 절대적인 파괴력을 지닌 건 아니라는 뜻이었다.

이는 라브론에게도 적용되는 이야기였다.

비록, 드래곤 로드인 크라이드만에게 직접 가르침을 받았다고는 하나, 그 지식적인 부분이 뛰어난 것일 뿐이지, 라브론 본연의 능력이 뛰어난 건 아니었다.

게다가 라브론이 차세대의 조율자라 불리지만, 드래곤의 혈통만 이었을 뿐이지, 정통한 드래곤의 일족은 아니었다.

그 능력적인 부분에서 더욱 부족함이 있을 터였다.

'하지만… 감각은 진짜라고 했으니까.'

드래곤은 아닐지라도 차세대의 '조율자' 라는 건 분명한 사실이었다.

셰릴과 레일라 그리고 프레이가 느끼지 못한 것들을 인지했을 가능성이 0은 아닌 것이다.. 오히려 더 나은 부분이 있을지도 몰랐다.

"글쎄… 모르겠는데."

고개를 갸웃거리는 프레이의 모습을 한 차례 지켜보던 셰릴의 눈길이 라브론에게로 향했다.

그녀의 시선을 눈치 챈 것일까? 바리바리 싸왔던 군것질 거리를 하나하나 음미하고 있던 라브론이 슬쩍 시선을 맞추며 입을 열었다.

"흑마법이 펼쳐져 있네요."

놀라운 이야기였던지, 레일라가 즉각 반응했다.

"흑마법이라고?"

"아주머님께서 잘 아시…."

"누나."

레일라가 라브론의 이야기를 단호히 자르며, 한 마디를 던졌다. 그 서릿발서린 음성에 라브론이 떠듬떠듬 이야기를 고쳤다.

"그러니까 누… 누님께서도 잘 아실 거라고 생각하지만, 여기 거리에는 마법이 펼쳐져 있습니다."

헌데, 거기에는 여러 겹의 마법적인 중첩이 더해져 있었다. 마도사의 영역에 발을 들인 레일라였다.

당연히 이 정도는 파악할 수 있었다. 하지만 그 정체가 흑마법이라는 부분에서 한 차례 의문을 표할 수밖에 없었다.

"흑마법에도 종류가 있다는 걸 아실 거라고 생각합니다."

레일라의 고개가 끄덕여졌다.

백마법이라 불리는 일반적인 마법과 마찬가지로 세상의 기운을 쌓는 정통한 흑마법, 그리고 이야기 속에나 등장할 법한 마계와 계약하여 펼치는 흑마법이 있었다.

앞서의 것은 이곳 세상에 포함된 것이고, 일족의 '속성' 마법의 하나로써 분류되는 까닭에, 신성력과의 마찰도 크게 발생하지 않았다.

하지만 마계와 계약을 이룬 마법은 전혀 달랐다. 이야기에 등장하는 것처럼 신성력과 대치되는 것으로써, 불과 물의 관계와 같았으며, 극단적인 어둠을 품고 있었다.

흔히 말하는 '마기'를 중심에 둔 것이기도 했다.

"뭐… 마기에도 종류가 있겠지만…."

이 부분에서 라브론이 살짝 말끝을 흐렸다. 에딘이라는 변수가 떠오른 까닭이었다. 하지만 그건 잠시일 뿐, 다시금 본론으로 돌아와 이야기를 이어나갔다.

"일단 기본적인 마법을 가장 외곽에 깔아놨습니다."

그것이 세간에 알려져 있고, 레드문이 파악하고 있는 아드레안의 마법수준이었다.

"그 너머에 숨겨져 있는 게 흑마법이지요."

정통한 방식으로써, 마계에 걸친 게 아닌 속성마법으로써의 '암흑' 마법이었다.

'정말… 암흑마법이라는 건가?'

레일라의 얼굴이 굳어졌다. 아무리 정통한 수준의 암흑마법이라 할지라도, 그녀의 눈을 가릴 정도라고는 여기기에는 뭔가 미흡한 느낌이 든 까닭이었다.

그리고 이 부분에서 라브론이 결정타를 날렸다.

"마지막으로 마계의 마법이 깔려있더군요."

순간, 레일라의 동공이 크게 확장됐다.

"불가능해!"

언뜻, 그 속성이 같아 보일지도 모르나, 암흑마법은 엄연히 속성마법에 궤를 두고 있었고, 사용법에 따라서는 백마법과도 크게 다를 것 없는 마법이었다.

하지만 마계의 마법이라는 건, 말 그대로 이야기속의 '흑마법' 그 자체였다.

빛과 어둠이 공존하는 것과 다를 게 없는 것이다.

"꼭 불가능한 건 아니죠."

그러면서 라브론이 한 단어를 입에 올렸다.

"현자의 돌!"

순간, 레일라와 셰릴의 시선이 맞닿았다.


드래곤 로드의 의뢰!

그 중심이 되는 게 바로 현자의 돌이었다. 그들 두 여인이 놀라는 것도 이상한 게 아니었다.

하지만 그 시간은 길지 않았다.

이미 이곳으로 향하기 전, 에딘과 여정에 대한 이야기를 나누며 일정부분 현자의 돌과의 연관성을 짐작하고 있던 까닭이었다.

레일라와 셰릴이 거리를 살피며 돌아다닌 것에는 그 같은 이유도 일부 포함되어 있음에, 금세 마음을 다잡는 게 가능했다.

단지, 드래곤을 비롯하여 의뢰와 관련된 내용들에 대해서 알지 못하는 프레이만이, 그저 어리둥절한 얼굴로 대화의 외곽을 겉돌고 있을 뿐이었다.

어째서 이 대화를 주도하는 게 어린 라브론인지에 대해서부터, 하나같이 죄다 의문투성이일 뿐이었다.

하지만 애써 이 같은 궁금증을 삼켜내야만 했다. 애초에 이 여정에 참여할 수 있었던 것도, 이 같은 호기심을 최대한 참아낸다는 약속과 함께 허락된 것이기 때문이었다.

조용히 저들 대화에 귀를 기울이며, 홀로 분석하고 궁리하면서 호기심을 달랠 뿐이었다.

이런 프레이의 심경을 아는지 모르는지, 이야기는 새로운 국면을 향해 막힘없이 넘어가고 있었다.

"현자의 돌이 이곳에 있다는 거냐?"

셰릴이 그처럼 물으면서 대화에 끼어들었다.

"킁… 찾고 있던 수준은 아니지만, 제법 굵직한 파편이 숨겨져 있는 것 같네요."

현자의 돌이라는 건, 드래곤의 심장이며, 이는 즉 '조율자의 의지'와도 같았다.

이곳 세상을 조율하는 '큰 의지'의 일부가 깃들어 있는 만큼, 서로 '계'를 달리하는 두 세상의 흑마법을 연결시키기에 충분한 창구가 되어줄 수 있었다.

'하지만….'

한 가지 걸리는 점이 있었다.

비록, 그 공부는 그저 지식으로써 쌓은 것일 뿐이지만, 감각만큼은 차세대의 조율자라 할 만큼 뛰어난 수준에 있었다.

그 특별한 감각을 통해, 이곳 아드레안에 박혀있는 현자의 돌이 생각보다 대단한 건 아니라고 여겼다.

부친에게 유출된 '돌의 파편'이 어느 정도인지 들었고, 이를 통해서 유추하건데, 이곳 아드레안을 감당하기 위해서는 유출된 파편을 전부 투입해야 할 터였다.

비록 왕국 수준에는 못 미친다고는 하나, 최소한 대귀족가의 영역에서 최대 공국까지 비견될만한 규모가 바로 아드레안이며 레아−발람이었다.

조율자의 감각을 통해서 봤을 때, 유출된 파편이 전부 투입된 것도 아닌 것 같았건만, 어찌 이 너른 영역을 감당할 수 있었을까?

'역시… 흑마법이겠지. 쿨쩍!'

그것도 아주 짙은 어둠을 품은 것, 마계의 흑마법일거라 여겼다.

프레이의 주머니를 탈탈 털어 군것질에 빠져드는 한편, 이와 같은 부분에 대한 의문을 꾸준히 생각해왔다.

덕분에 작게나마 짐작되는 부분이 하나 있기는 했다

[기사들의 성지!]

이곳의 명칭을 떠올리니 그에 대한 해답이 스치듯 떠오른 것이다.

'아드레안.'

수많은 왕국들이 이곳 검가의 전력을 차지하기 위해, 아드레안의 비전을 독식하고자, 쉼 없이 달려들었고, 꾸준한 피를 흘려왔다.

시대가 흐르고 역사가 쌓이며, 전통이라 할 만한 것들이 새겨진 최근에도, 꾸준히 이곳 아드레안을 향한 위협은 존재해왔다.

그렇게 달려들고 싸우며 전쟁을 거치면서 무수히 많은 '피'를 흘려 온 것이다.

피와 죽음!

흑마법의 매개체로는 더할 나위 없는 훌륭한 재료였다.

마도영역에 오른 레일라가 이곳 아드레안에 펼쳐진 마법을 제대로 파악하지 못한 이유?

앞서 라브론이 이야기한 것처럼 여러 겹으로 가려진 마법적인 중첩으로 인한 까닭도 있겠지만, 그것만으로 마도사의 시야를 완벽히 차단하다는 건 무리가 있었다.

[세월!]

라브론이 내린 결론이었다.

아드레안의 긴 역사와 함께 꾸준히 조금씩 쌓아올린 게 바로 이곳에 새겨진 흑마법의 정체였다.

무려 500년에 달하는 긴 세월을 읽어내지 못하는 이상, 단번에 이 안의 진실을 파악하기란 어려울 수밖에 없었다.

라브론 역시도 드래곤의 지식과 조율자의 감각을 지녔음에도 깊은 고민 끝에야 그 결론 언저리에 닿을 수 있을 정도였으니, 더 말해 무엇하랴.

이처럼 유추해낸 부분들을 조심스레 하나 둘 풀어냈을 때, 레일라가 양 손뼉을 크게 마주치며 감탄사를 터트렸다.

"아! 그렇구나. 그런 거였어."

침착 냉정의 대명사 같던 그녀의 이 격한 반응을 통해, 그녀가 진정 크게 놀랐다는 걸 알 수 있었다.

그와 동시에 주변 대기가 일부 요동치는 부분에서, 셰릴은 그녀가 작게나마 깨달음을 얻었다는 걸 직감했다.

실질적으로 저 감탄사의 의미는 깨달음으로 인한 것일 확률이 더 높았다.

세월과 함께 쌓여진 마법진에 대한 부분을 떠올리고, 이를 위한 술식을 계산하고 정립하는 것만으로도, 충분히 공부가 되고 있는 것이다.

'쳇…'

비록 이제는 서로 인정하는 사이가 되었다고는 하나, 경쟁하고 있단 사실은 변함이 없었다.

때문에 그녀의 변화에 눈살이 찌푸려지는 건 자연한 반응이었다.

물론, 그와 동시에 축하하는 마음 역시도 생겨났다.

앞서 언급하였듯, 서로 인정하는 위치에 있는 까닭이었다. 하지만 역시 아직은 대립적인 관계가 더 컸던 탓에, 어떠한 축하말도 없이 변화의 순간은 조용히 지나갔다.

마나의 유동으로 인해서 주변의 이목이 쏠리는 건 걱정할 필요가 없었다.

이미 대화가 시작하기 전에 주변으로 간단한 결계를 펼쳐놓은 까닭이었다. 단지, 그 잠깐의 변화로 인해 결계가 풀렸기 때문에, 다시금 새로이 펼쳐야만 했다.

"일단 흔적을 발견하기는 한 것 같은데, 이후의 행보에 대해서는 선생님께 상의를 하는 게 좋을 것 같습니다. 쿨쩍!"

라브론의 의견에 셰릴과 레일라가 고개를 끄덕이며 동의했다.

여정을 이끄는 건 에던이었다. 그런 만큼 차후의 일에 대해서는 그와 이야기를 나눈 뒤에 결정하는 게 옳다고 여긴 것이다.

"뭘, 나하고 상의해?"

그렇게 이야기를 마무리 지으려는 찰나, 새로운 음성이 결계 속으로 발을 들이며 끼어들었다.

어느새 다가온 것인지, 에던이 히쭉 웃으면서 라브론의 군것질거리를 한 주먹 움켜쥔 채 입안에 쑤셔 넣고 있었다.

"에엑…."

이에 울상이 된 라브론이 급히 자신의 군것질거리를 온 몸으로 사수하려 들었지만, 에던의 손은 마치 뱀처럼 휘어져 들어가며, 나머지 한 손에도 먹을거리를 가득 안겨줬다.

울상이 되어 입술을 삐죽 내미는 아이는 뒤로 한 채, 에던이 레일라와 셰릴을 향해 시선을 던졌다.

그간 이어진 이야기를 들려달라는 의미였다. 이에 고개를 끄덕인 두 여인이 라브론과 나눴던 이야기를 하나씩 풀어주었다.

"으음… 흑마법이라."

나직한 신음성과 함께 에던이 턱을 괴며 생각에 빠져들었다.

확실히 라브론의 분석처럼, 그 역시도 좋지 않은 느낌을 받기는 했다. 정확히 어둠이 내려앉은 시간에 그 같은 감각이 활성화 됐었는데, 이전 여정에서는 느끼지 못했던 불쾌한 감각이었다.

　짐작건대 유령왕의 등장과 관계가 있을 거라 여겼다. 사이람에게는 듣지 못했던 이야기라는 걸 생각해 봤을 때, 숨겼거나 모르거나, 둘 중 하나일 것 같았는데, 느낌상으로는 모르고 있을 확률이 높아보였다.

　사이람은 현재 그의 도움으로 본격적인 회복에 전념 중이었는데, 버서커의 광기만 잠재워놓은 까닭에, 당장 자리를 박차고 일어날 수준은 아니었다.

　아마도 엉망인 몸 상태로 인해, 사이람 본인도 아직 이같은 부분들에 대해서 파악하지 못했을 확률이 높았다.

　'일단… 이것도 따로 이야기를 나눠봐야겠네.'

　때문에 사이람과도 별도의 대화가 필요하다는 생각이 들었다.

　"그러면 내가 느꼈던 불쾌한 느낌이 흑마법인거야?"

　문득, 프레이가 끼어들며 그 같은 물음을 던져왔다. 이야기의 본질적인 의미는 이해하지 못했지만, 풀어진 내용과 단어들을 토대로 나름 끼어들 타이밍을 재고 있던 모양이었다.

　그렇잖아도 성녀의 감각은 어찌 느꼈을지 궁금했던 까닭에, 에던은 그녀에게도 이와 관련된 물음을 던졌고, 프레이는 잠시였지만 등줄기를 서늘하게 만들던 그 불쾌한 감각에 대해 열심히 늘어놓았다.

　라브론으로 인해 그 감각에 제대로 집중하기가 어려웠던

만큼, 그에 대해서 많은 이야기를 풀어놓지는 못했다.

하지만 흑마법과 대치되는 성력의 영향일까?

새로이 그 부분에 집중하게 되면서, 그녀는 조금 특별한 감각들을 잡아낼 수 있었다.

"정확하지는 않지만… 그 느낌이 뻗어오는 장소가 있기는 해."

낮과 밤이 바뀌던 순간, 그 불쾌감을 잠시만 느끼고 끝이었던 에던과 달리, 프레이는 희미하지만 여전히 그 느낌이 감각권에서 간질거리고 있음을 알았다.

좀 더 정확히는 감각이라고 하기보다, 내부의 성력이 반발감을 느낀다고 해야 옳았다.

에던의 눈에 불이 들어왔다.

"찾을 수 있겠어?"

그의 물음에 프레이가 고개를 저었다.

"워낙 희미해서."

순간, 에던의 눈가에 실망하는 기색 스쳐갔다.

"찾아볼게."

물러설 수 없다는 생각과 함께 프레이가 그처럼 외쳤다. 이번 여정에서 오로지 성국 안내역과 아이 돌보기 역할만 맡고 있었다.

다른 두 여인과 달리 에던에게 큰 도움이 될 수 없다는 생각에, 은연중에 자괴감에 휩싸였던 만큼, 그의 실망감어린 얼굴에 그처럼 외치고야 만 것이다.

"시간은 금이지!"

그런 외침과 함께 에던은 프레이를 데리고 즉각적인 행동에 들어갔다.

이곳 아드레안에서의 여정을 최대한 짧게 끝내기 위함이기도 했으나, 이 불쾌감의 시작점이 어둠에 있음을 아는 까닭에, 밤이 지나기 전에 그 감각을 쫓고자 한 것이다.

한시가 바쁜 만큼 어쩔 수 없이 식사는 놓쳐야 했지만, 에던과 단 둘이 움직인다는 점에서, 그녀는 만족감을 느낄 수 있었다.

셰릴과 레일라가 반발을 했지만, 괜히 여럿이 움직이는 건 좋지 않다는 이유와 함께, 라브론을 지켜야한다는 점까지 더해지며, 결국 두 여인은 아이와 함께 남아야만 했다.

그렇게 아드레안의 외곽부터 시작해서, 찬찬히 살피기를 한참, 에던은 놀라운 사실과 직면하게 된다.

"다섯 가문인가…."

놀랍게도 불쾌감의 근원지는 하나가 아니었다. 무려 다섯이었는데, 그의 중얼거림처럼 아드레안의 기둥이라 할 수 있는 5대 기사단의 본진으로 그 흐름이 이어지고 있던 것이다.

생각 이상으로 심력을 소모했던 까닭인지, 그 다섯 흐름을 전부 잡아낸 시점에서, 이미 프레이는 녹초가 되어 있었다.

밤이 깊어 새벽에 닿을 시점까지 그렇게 희미한 감각을

쫓아 헤맸으니, 그녀의 철인 같은 체력과 정신력으로도 버티기가 어려웠던 것이다.

특히, 에던의 기대에 부응하고자 더욱 치열하게 노력했던 까닭에, 그만큼 체력과 정신력의 소모 역시도 클 수밖에 없었다.

"고생했어."

그 노고를 아는 까닭에, 에던은 한 차례 어깨를 두드려줬다. 손길의 온기가 어깨를 치고 감에, 프레이가 가볍게 몸을 떨었다.

이에 잠시 의아한 듯 그녀를 바라보던 에던이 이내 시선을 돌려 한 방향을 응시했다.

'아드레안에 간섭하는 걸 싫어하는 것 같았는데.'

저 멀리, 사이람이 회복 중인 치료실이 시선의 끝자락에 닿아있었는데, 그는 잠시간의 고민 끝에 과감한 결단을 내렸다.

'이건, 내 의뢰하고도 연관된 문제니까.'

그 같은 의미에서 살짝 발을 담가볼 생각이었다.

'어디가 좋으려나.'

짧은 고민 끝에 괜찮은 목적지가 떠올랐다.

"먼저 돌아가 있어."

프레이에게 그 말을 건네며 성큼 걸음을 내딛었다. 나름 명분을 끼워 넣을 수 있는 목적지가 하나 있었다.

[프릭셀 기사단!]

177

방문 목적이라면 아주 간단했다.

'가정방문!'

한창 스펙터와 구르고 있을 그라넥의 얼굴이 슬쩍 떠올랐다. 입 꼬리를 말아 올린 그의 신형이 한 줄기 바람이 되어 아드레안을 갈랐다.

❖ ❖ ❖

[프릭셀, 이안드라, 엑턴, 드리악, 트로간.]

아드레안을 지탱하는 다섯 가문으로써, 당연하게도 그들 각 가문의 방어체계는 대륙 전역에서도 손에 꼽힌다고 할 수 있었다.

무려 500년의 세월 동안 아드레안이라는 이름을 지켜낼 수 있던 건, 결국 그들 다섯 가문의 힘이기에, 각자가 지닌 저력은 그야말로 괴력이라는 말이 아깝지 않을 정도였고, 이를 고스란히 담은 그들의 수비력은 그야말로 최강이라는 말이 아깝지가 않았다.

"허… 죄다 개소리였군."

다섯 가문을 향한 평가를 한 입에 씹어버린 바드란이 창가를 향해 시선을 던졌다.

낯설지 않은 인영이 그곳에 엉덩이를 걸치고 있었다. 무려 프릭셀의 주인이 업무를 보는 장소였건만, 그의 등장까지 아무런 소란이 없었음에, 언뜻 감탄스럽기까지 했다.

본인 스스로도 상대가 창가에 음영을 드리우고 나서야 알아챘으니, 더 말해 무엇하랴.

그 정체는 한 눈에 알아볼 수 있었다.

짧게나마 레아-발람을 흔들고, 드레이안을 휘어잡았던 사내였다. 당연히 모를 수가 없는 얼굴인 것이다.

"에던 운트."

사내의 이름을 입에 담으며 보고 있던 서류들을 내려놓았다.

"무슨 일이지?"

나직한 그의 물음에 창가의 사내, 에던이 어깨를 으쓱이며 답했다.

"뭐… 가정방문이라고 하면, 이상할까요?"

바드란의 눈가에 옅은 경련이 일었다. 일순, 상대가 그를 상대로 장난을 친다고 여긴 까닭이었다.

하지만 애써 표정을 관리하며 숨을 삼키고 화를 눌렀다.

[용병왕!]

무려, 그들 가문의 주인과 같은 위치에 서 있는 사내였다. 섣부른 판단으로 감정을 내비치기에는 아무래도 상대가 좋지 않았다.

때문에 호흡을 고른 뒤, 한층 진지하고 또 딱딱해진 얼굴로 물을 수밖에 없었다.

"진심인가?"

그에 에던이 어깨를 으쓱이며 창가에서 엉덩이를 뗐다.

"반반?"

농담이 절반쯤 섞였다는 그 말에 이마위로 힘줄이 불끈 섰지만, 진담도 섞여있다는 걸 상기하며, 힘겹게 감정을 다스려야만 했다.

이런 그의 감정조절에 도움을 주기 위함일까?

"그라넥은 잘 지내고 있습니다."

가정방문이라는 의미에 부합하는 이야기를 꺼내들었다. 그 순간 아들의 얼굴이 떠올랐다.

점차 구겨져가던 바드란의 표정이 빠르게 제자리를 찾아갔다. 슬그머니 피어나던 얼굴의 열기도 금세 자취를 감춘 상태였다.

"뭐, 몸뚱이는 좀 엉망이기는 한데, 머리가 비상해서 그런지, 가르치는 걸 궁리할 줄 알더군요."

내놓은 자식이라고는 하나, 어쨌든 제 아들을 칭찬하는 이야기였다. 분노로써 들끓던 열기는 새로운 의미를 부여받은 채 뜨겁게 달아오르고 있었다.

"아… 참고로 몸속에 지저분한 기운들이 가득해서, 죄다 치워버렸습니다."

순간, 바드란의 표정이 굳어졌다.

'지저분한 기운?'

직감적으로 그 의미를 이해한 까닭이었다.

'부작용!'

아직까지는 어찌 칭해야 할 지는 모르겠지만, 트로간을

통해서 발전시킨 연공법에 문제가 있다는 걸 이제는 알고 있었다.

사이람의 연무로 인해 발견한 골칫거리였는데, 에던이 바로 그 부작용을 지적하고 있다는 걸 직감적으로 잡아낸 것이다.

'그걸… 치웠다고?'

의미를 그대로 받아들인다면, 부작용을 제거했다는 의미와도 같았다. 때문에 묻지 않을 수가 없었다.

"어찌… 어떻게… 그게 가능한 건가?"

경악한 그의 얼굴에 에던은 사이람과의 대화를 떠올렸고, 그가 보여줬다던 연무와 4대 가문의 반응들까지 생각이 닿았다.

'확실히… 4대 가문이 손을 떼지는 않겠네.'

사이람과 각 가문의 관계가 틀어질 일은 없을 거라 여겼다.

"뭐, 쉽지는 않지만… 불가능한 것도 아니죠."

그 순간 바드란의 눈에 불이 들어왔다.

"방법을 알 수 있겠는가?"

어찌 보면 염치없는 물음일수도 있었다. 하지만 자칫 가문의 후계를 비롯하여, 중진들이 단체로 부작용의 노예가 되어버릴 수 있는 상황인 만큼, 주저할 틈 따위는 없었다.

그에 대한 에던의 대답은 이미 준비되어 있었다.

"이미 알고 계실 겁니다."

바드란의 표정이 굳어졌다.

'알고 있다고?'

떠오르는 게 있었다.

[사이람의 연무!]

눈가에 그늘이 졌다.

'정녕… 그것밖에 없는 건가.'

그를 비롯하여 다른 4대 가문의 수장들도 이미 사이람의 연무를 통해 부작용의 정체를 알았고, 그 연무에 답이 있다는 것 역시 파악하고 있었다.

때문에 전념으로 연무에 집중하고 분석하며 정보를 수집했다.

그 결과, 작게나마 성과를 얻어낼 수도 있었다. 하지만 그 성과라는 게 문제였다.

'시간이 너무 걸려.'

당장 부작용의 해법이 필요하건만, 사이람의 연무는 현재가 아닌 미래를 보게 만들었다.

그 같은 이유로 더욱 에던의 이야기가 놀라운 것이다. 사이람의 연무와 달리, 당장 지금, 현재를 바라볼 수 있는 결론을 내어놨기 때문이었다.

에던은 그 답을 알고 있다며 질문을 회피하고 있지만, 분명 다른 해답이 있을 거라 여겼다.

묻고 싶었고, 알고 싶었다.

'으음…'

하지만 물을 수 없었고, 알 수 없었다.

'젠장! 하필….'

상대가 용병왕 에던 운트였다.

그 홀로 대륙 전역에 시비를 걸고 있는 사내가 아니던가. 아드레안의 한 기둥을 담당하고 있건만, 그런 그로써도 도통 감당할 자신이 없었다.

때문에 그 답을 억지로 받아낼 만한 용기가 생기지 않았다. 이런 그의 속앓이를 읽기라도 한 듯, 대뜸 에던이 새로운 해답을 던져줬다.

"아드님의 몸뚱이는 엉망입니다."

앞서 언급했던 이야기를 재차 입에 담은 것이다. 무슨 소리인가 싶던 바드란이었으나, 오래지 않아 그 내용에 집중했다.

다시금 언급한 이유가 있을 거라 여겼다.

어째서?

바드란은 직감적으로 거기에 답이 있을 것 같았다.

'엉망?'

트로간으로 보낸 뒤, 새로운 육신을 얻어 더욱 강건해진 아들이었다. 엉망이라는 표현은 어울리지 않았다.

물론, 초월자의 위치에서 본다면 누구나 엉망일 수 있겠지만, 왠지 그 같은 이유로 '엉망'이라는 단어를 쓴 것 같지는 않았다.

생각이 길어졌으나 에던은 차분히 이를 기다려줬다.

어둠이 가시기에는 아직 시간이 제법 남아있던 까닭이었다.

게다가 그에게도 시간이 필요했다.

프레이를 두고 홀로 움직인 결정적인 이유라면, 그 역시도 프레이와 마찬가지로 불쾌감의 흔적을 찾아낸 까닭이었다.

단지, 프레이와 다르게 같은 성질의 기운이었던 탓에, 반발감을 통해서는 잡아내기가 어려웠고, 이처럼 직접적인 목적지가 정해진 뒤, 뿌리에 다가설 즈음에서야 겨우 그 흔적을 희미하게 스치듯 잡아낸 정도였다.

여전히 흐릿한 감각이었기에 대화를 하는 와중에도 꾸준히 감각의 흐름에 집중해야만 했다.

"으음…."

순간, 바드란이 신음성과 함께 안색을 하얗게 탈색시키는 게 보였다.

그가 내어준 힌트를 토대로 답을 찾아낸 모양이었다.

"아들놈은 지금 어떤 상태입니까?"

말투가 일부 변해있음에 에던이 살짝 눈가에 빛을 발했다. 그의 심적 자세가 바뀌었다는 걸 알 수 있었다.

"걸음마부터 다시 떼고 있지요."

바드란의 짐작을 더욱 확실하게 만드는 대답이었다.

'진정, 버려야 한다는 건가.'

오랜 세월 쌓아올렸던 연공의 탑을 무너트리는 것, 거기에 부작용의 해법이 있음을 깨달은 것이다.

'결국… 사이람. 그의 연무를 쫓을 수밖에 없나.'

에던의 이야기가 틀리지 않았음을 인정했다.

부작용에서 벗어나는 방법은 이미 알고 있었다. 다른 해답이 있을지라도, 그들은 감히 정해진 길을 벗어날 수 없던 것이다.

전부 버린다.

'오러홀을 비운다.'

불가능한 이야기였다.

그들은 아드레안을 대표하는 다섯 가문이며 기둥이었고, 레아-발람의 근원이기에, 감히 약해지는 건 선택할 수도, 허락될 수도 없었다.

두 눈을 질끈 감았다가 다시금 떴을 때, 마음의 정리를 마친 듯, 그의 눈가에서는 새로운 해답을 향한 미련의 빛이 사라져있었다.

물론, 그 잔재가 언저리에 머물고 있는 듯싶었지만, 그 정도는 오래지 않아 털어낼 수준이라 여겼다.

"헌데… 선생께서 이곳을 찾으신 건, 그저 가정방문이 목적인 건 아닌 듯한데, 제가 잘못 짚은 것입니까?"

직접적으로 언급된 호칭에 에던의 눈이 또 한 차례 빛을 발했다.

조금 전 에던의 대답을 통해, 나름의 해법을 얻었다는 것과 그라넥이 이를 통해 부작용에서 온전히 해방되었다는 점까지, 바드란은 에던을 아들의 스승으로써 인정하고 또 받아들이기로 결정한 상태였다.

또한, 이 같은 자세의 변화를 통해서 그가 조금이라도 더 아들에게 신경을 써 주기를 바라는 마음 역시도 있었다.

열 손가락 깨물어 안 아픈 손가락이 없다 하였다. 그라넥 역시 마찬가지였다.

비록, 그의 아이들 중에서 가장 나약하고 여린 까닭에, 여러모로 말썽이 많아야만 했던 아들이었으나, 오히려 그 같은 이유로 인해 더욱 신경을 썼던 아들이기도 했다.

게다가 유난히 마음을 줬던 부인의 아들이었다. 겉으로 보이는 모습과는 달리, 아끼는 마음만큼은 진실 되고 또 깊었다.

경계하는 마음은 여전히 남아있었지만, 상대가 바라던 해답을 주저 없이 내어주고, 또한 먼저 열린 자세로 다가오고 있음에, 그 역시도 자세를 바꾸지 않을 수가 없었다.

잠시 바드란과 시선을 맞추던 에던이 눈살을 찌푸리며 뒷머리를 벅벅 긁었다.

본 목적을 꺼내들려니 한 차례 주저함이 생긴 까닭이었다. 하지만 이내 마음을 잡고는 준비했던 물음을 던졌다.

"프릭셀을 좀 살펴봐도 되겠습니까?"

바드란의 표정이 얼었다. 열리던 마음과 자세가 바로 꺾이고 닫히려 들었다. 그 말의 의미를 즉각 이해한 까닭이었다.

일순, 방 안의 공기가 돌변했다.

'내가… 아무래도 우습게 보인 모양이군.'

표정이 변하고 자세가 바뀌었다.

'프릭셀을 보여 달라?'

설마, 그 앞에서 이토록 당당히 가문을 뒤지겠다고 할 줄이야.

'나를 우습게 여기지 않고서야. 감히! 그럴 수가 없지.'

책상 아래로 손이 갔다.

그의 검은 책상 옆자리에 세워져있었다. 바로 옆이었지만 넓은 책상과 상대의 실력을 생각한다면 짧은 거리가 아니었다. 그런 의미에서 책상 아래에 붙어있는 임시용 단검을 손에 쥔 것이다.

"뿌득!"

이 가는 소리가 음산하니 방 안을 채웠다. 당장이라도 핏빛 그림자가 깔릴 것 같은 분위기 속에서, 에던이 먼저 선수를 쳤다.

"촌지는 안 받습니다."

"쿨럭!"

생각지도 못한 한 마디에 헛기침이 터져 나왔고, 방안의 공기가 또 한 번 돌변했다. 어찌나 뜬금없던지 책상 밑, 단검을 쥔 손아귀에 힘이 풀리려 들었다.

마음을 다잡는 찰나, 에던이 변한 공기의 흐름을 타듯, 다시금 말문을 열며 이야기를 이어 붙였다.

"농담이고요. 프릭셀을 무시한다거나 우습게 여긴다는 생각은 하지 않으셨으면 좋겠습니다."

먼저 정중한 어투로 말을 건네 오고 있음에, 바드란으로 하여금 한 번쯤 더 생각을 하게 만들었다.

'우습게 여기는 게 아니다?'

그렇다면 어찌 프릭셀의 가주에게 그들의 내부를 드러내길 청한 것일까?

"자세한 설명은… 직접 해 드리고 싶지만, 아무래도 저보다는 아드레안의 가주께 들으시는 게 좋을 것 같네요."

'가주에게…?'

바드란이 미간에 옅은 균열이 생겨났다. 설마, 이 시점에 사이람이 언급될 줄은 생각도 못한 까닭이었다.

그리고 이 같은 변화를 보며, 에던은 회심의 미소를 지었다.

'통했다!'

사실, 당장에 이 상황을 풀어낼만한 방법이 떠오르지 않았기에, 냅다 사이람의 이름을 대며 그에게로 문젯거리를 떠넘겨버린 것이다.

일단 급한 불은 끈 셈이었다. 어쨌든 검가주가 언급되었기에, 한 걸음, 적어도 반걸음은 물러나 생각할 수밖에 없을 터였다.

당연히 이로 인해서 사이람은 골치를 썩겠지만, 에던은 빠르게 일을 처리하고 자리를 뜰 것인 만큼, 뒷일은 알 바 아니었다.

'최대한 깔끔히 해결하면 되겠지.'

뜨끔거리는 양심 한편의 통증은 그걸로 무마시킬 생각이
었다.

❖ ✛ ❖

부르르르르르…

갑작스레 든 오함에 사이람이 가볍게 몸을 떨었다.

"으음…?"

이제 겨우 본격적인 회복기에 들어선 만큼, 몸의 이상 상
태가 어색하지만은 않았으나, 이 갑작스런 오한에서는 왠
지 모를 불쾌감이 들었다.

"…모를 일이군."

고개를 갸웃거리던 그가 다시금 자세를 잡았다.

'물 들어올 때 노를 저으라고 했었지.'

어딘가의 격언을 떠올리며, 침착히 연공에 빠져 들었다.

6. 조우.

6. 조우.

오랜만에 맛보는 패배감이었다.

"큭…."

하지만 이상하게도 웃음이 먼저 나왔다.

"설마, 그 정도까지 성장했을 줄이야."

그래도 나름 공을 들여 키웠던 상대였기에, 패배임에도 나름의 감흥이 일었던 까닭이었다.

하지만 그 무엇보다 감미로운 건, 역시나 이 짜릿한 통증으로 인해 피어나는 감각의 다양한 향연이었다.

얼마 만에 느껴보는 아픔인지, 지독한 통증 속에서도 그립고 반가운 마음에 웃어버린 것이다.

"큭큭큭큭큭큭…."

그렇게 한참 웃음을 흘려보내며 패배의 기억을 되새겼다.

"사이람 아드레안!"

오랜 세월을 건너, 패배라는 걸 다시금 생각나게 만들어 준 사내를 떠올렸다. 그의 계획 속에서 성장했으나, 스스로 족쇄를 부수고 계획을 박살내버린 실험체였다.

유령왕은 그와의 일전을 머릿속으로 그리며 입 꼬리를 말아 올렸다.

'그냥 벽을 넘긴 수준이 아니야.'

별빛의 경계 언저리에 머무는 정도가 아니라, 확실하게 별빛 너머로 올라선 상태였다.

직감적으로 깨달았다.

'제대로 된 실전 경험이 있어.'

그 외에도 비슷한 수준의 상대와 겨뤄봤다는 게 느껴졌다.

누굴까?

고민은 길지 않았다.

'에던 운트… 그놈이겠군.'

용병왕과 기사왕에 얽힌 이야기, 그리고 아드레안과 드레이안에서 발생했던 사건들로 미루어 짐작해 봤을 때, 충분히 예상 가능한 부분이었다.

아직 사이람의 비밀 수련장은 확인하지 못했지만, 그곳에서 그들의 마찰이 있었다는 것 정도는 들어 알고 있었다.

'실수했군.'

때문에 인정해야만 했다.

'일찌감치 손을 썼어야 했어.'

에던 운트의 존재가 거슬린다고 여기면서도 크게 신경 쓰지 않았다.

암전이 움직이고 있었고, 칠성좌 역시 본격적으로 날을 세우고 있던 까닭이었다. 하지만 그들만으로 역부족이었고, 결국 상대는 별빛 너머의 힘을 손에 넣은 듯 보였다.

상대가 아직 젊다는 부분에서 방심한 것도 있었다. 직접 움직이거나, 일찌감치 아드레안의 힘을 부렸어야 했다.

물론, 그렇다고 해서 걱정을 하는 건 아니었다.

"귀찮게 됐군."

단지 조금 더 번거롭게 된 수준일 뿐이었다.

'어차피 육체전이의 후유증만 벗어나면, 전부 해결될 일이지.'

영혼전이로 새로운 육신을 얻을 수는 없으나, 그와 비슷한 효과를 내는 게 바로 육체전이었다.

상대 육신의 생기를 고스란히 받아들여, 젊음을 회복하는 비술로써, 거기에는 단점 아닌 단점이 존재했다.

희생자의 상태에 따라 육신의 회귀수준이 결정된다는 점이었는데, 거기에는 연령의 위치 외에도 육신의 능력까지 포함되는 부분이었다.

테브릭 아드레안은 분명 훌륭한 제물이었다.

허나, 아드레안 검가의 후계를 이을 사내였고, 그 때문에 '기사'라는 영역을 벗어날 수가 없었다.

그 신체적인 능력을 그대로 받아들였던 만큼, 육신은 강건했고 오러는 풍족했으며, 생기는 넘쳐났다.

하지만 한 가지 부족한 게 있었다.

마나!

사이람과의 대결에서 오로지 검에만 의존했던 이유가 거기에 있었다.

신체적 능력과 오러의 충만함은 만족스러웠으나, 마나의 공백이 마법적인 지원을 배제하게 만든 것이다.

게다가 육체적인 부분에서도 아직 완성된 건 아니었기에, 패배의 여파에도 불구하고 웃을 만한 여유가 넘칠 수밖에 없었다.

검과 마법의 조합!

[마검사!]

궁극적으로 그가 이뤄낼 이상의 형태며 경지였다.

'오러는 문제가 없는데….'

테브릭에게는 못 미치겠으나, 제물로 쓸 만한 실험체들은 넘쳐났고, 육체전이를 통해 오러의 부족함은 충당할 수 있었다.

문제는 역시 마나와 관련된 부분이었다.

'뭐, 그것도 얼추 해결됐으니….'

아드레안을 찾아간 이유는 사이람을 만나기 위한 것만이 아니었다.

오랜 세월 잠재워놨던 마법진을 다시금 발동하기 위함이기도 했다.

사이람과의 전투 역시도 그 같은 이유로 필히 치러야만 할 수순이었다.

'그놈 능력이라면, 마법을 들켜버릴지도 모르니.'

나름대로 잘 감춰놓은 마법이지만, 별빛 너머의 감각이라면 결국에는 이를 인지해버릴 확률이 높았다.

첫 대면에 사이람이 '어렵다'는 생각을 했음에도 불구하고, 굳이 그와의 전투를 이어가고, 패배의 굴욕을 받아들인 건, 이처럼 복잡한 이유가 있던 것이다.

'뭐… 오랜만에 몸 풀기로는 딱이었지.'

마법진은 아드레안의 오랜 투쟁 속에서, 자연히 쌓여온 피와 죽음의 무게들을 남김없이 흡수해왔다.

이를 마력으로 변환한다면, 마나의 공백은 충분히 채워넣을 수 있을 터였다.

게다가 마법진은 그간 쌓여있던 죽음의 무게만큼, 그 위를 살아가는 존재들의 생명력을 일부 훔쳐올 정도로 뛰어났다.

마법진이 다시 발동된 날을 기준으로, 그곳 아드레안에 머무는 날이 길어지면 길어질수록, 마법진의 영향을 크게 받을 것이고, 죽음의 무게 역시도 큰 작용을 할 것이다.

그리고 이 모든 기운이 그의 마력이 되어 비어버린 마나 홀을 가득 채우며, 빛바랜 서클들을 다시금 회전하게 만들어 줄 터였다.

'일단은 몸을 만드는 게 먼저인가.'

아드레안의 마법진은 발동을 시켰다고 해서 즉각 사용할 수 있는 게 아니었다. 적지 않은 시간이 필요했고, 그동안은 새로운 제물들로 육신의 완성에 초점을 맞춰둘 생각이었다.

사이람과의 전투로 인한 부상의 치유도 중요했다.

짧지 않은 시간을 부상 회복과 육신의 완성에 전념하길 한창, 어느덧 새해가 밝고 눈발이 거세지는 시기가 찾아왔다.

"꽃 피는 봄날에 서클을 회복하겠군. 큭…."

그렇게 느긋하고 또 여유롭게 남은 겨울을 보내고자 했다.

하지만,

생각지도 못한 변수가 발생하고야 말았다.

우우우웅…

왕의 무덤을 가득 울리는 거친 진동에 눈이 번쩍 뜨였다.

'이건….'

아드레안의 마법진에 이상이 발생했다는 신호가 울린 까닭이었다.

"결계가…."

부서지고 있었다.

치명적 변수의 등장이었다.


❖ ✤ ❖


가문의 내부를 보여 달라는 요청은 분명 무례한 것임에
틀림없었다.

하지만 아드레안의 주인을 언급하고, 거기에 더해 '용병
왕'의 이름으로 피해를 끼치지 않을 거라 약속했다.

물론, 그것만으로도 납득시키기 어려웠기에, 에던은 재
차 용병왕의 위치를 걸고, 언제든 프릭셀에 한 가지 도움을
주기로 약조까지 했다.

'뭐… 여차하면 용병왕이건 뭐건 때려치우면 되는 거고.'

신분조작이야 뒷간 들어가는 것보다 쉬운 일이었다.

이에 잠시간의 갈등을 하던 바드란이 조건부로 그의 요
청을 받아들였다.

"저도 함께하도록 하겠습니다."

다시금 말투가 정중하게 변했으나, 표정과 눈빛 그리고
기세에서 언제든 돌변하기 위한 준비가 되었다는 게 느껴
졌다.

그렇게 에던은 프릭셀의 내부를 파헤치기 시작했다.

프릭셀의 수장이 함께하고 있음에, 별도로 에던을 막아
서는 이들은 없었다.

물론, 중간 중간 바드란이 직접 제동을 걸어왔지만, 용병 왕의 약속을 연신 언급함으로써 행보를 이어나갈 수 있었다.

이미 에던의 위치를 별빛 너머로 짐작하고 있는 만큼, 그의 도움이라는 약속의 무게감이 매번 바드란의 걸음을 물러나게 하는 것이다.

게다가 에던 역시도 나름의 적정선을 지켰다.

바드란이 제지하는 구역을 넘어설 때에도, 수시로 표정을 살피면서, 진정 넘지 말아야 할 영역에는 되도록 발을 담그지 않은 것이다.

그가 프릭셀에서 찾는 건, 눈이 아닌 감각으로만 찾을 수 있는 것이니 만큼, 굳이 눈으로 확인하는 작업까지는 필요가 없었다.

단지, 각 구역을 넘고, 그곳의 흐름을 파악하는 것으로 충분한 것이다.

그렇게 얼마나 찾아 헤맸을까?

"여긴⋯."

또 한 번 금역을 지나치던 에던의 걸음이 돌연 멈췄다. 바드란이 즉각 따라붙으며 입을 열었다.

"프릭셀의 무구를 보관하는 곳이지요."

주변 호위 상황이나 위치로 봐서, 분명 보물급의 무구들이 잠들어있는 방일 터였다.

"들어가도 됩니까?"

에던의 물음에 바드란이 한 차례 고민에 빠져들었다. 그도 그럴게 이 안을 살피는 것만으로도 그들 프릭셀의 역사 일부를 훔쳐볼 수 있는 까닭이었다.

하지만 이내 고개를 끄덕이며 그의 발길을 허락했다. 지금껏 거쳐 왔던 금역들과 비교했을 때, 이곳 창고는 그나마 개방 가능한 영역에 속한 까닭이었다.

그의 허락에 에던이 주저 없이 창고의 문을 열었다. 묵직한 철문이 천천히 뒤로 밀려나며 그 너머의 풍경을 드러냈다.

"휘유…."

감탄사가 절로 나올 것 같은 풍경이 그 안에 펼쳐져 있었다.

밑바닥 삼류의 인생을 살아온 만큼, 좋은 물건을 볼 기회가 많지 않았다. 그런 그의 눈으로도 창고 안의 무구들은 범상치가 않아 보였다.

애초에 무구들이 뿜어내는 기세만으로도 피부가 저릿할 정도였다.

만약, 과거의 그였더라면, 그저 마주하는 것만으로도 주눅이 들어버렸을지도 모를 만큼, 창고의 무구들은 뛰어났다.

그리고 에던은 그 안으로 들어선 순간, 불쾌한 감각이 전에 없이 활성화되는 걸 느꼈다.

이 자리에 서는 순간 감각이 흐리던 이유를 알 수 있었다.

'또 하나의 흐름을 덧씌워서 숨긴 건가.'

그렇잖아도 희미한 흐름이었다. 헌데, 그 위로 다양한 무구의 존재감의 채워 넣어, 불쾌감의 근원을 감춘 것이다.

명장이라 불리던 이들이 혼신의 힘을 모으고 또 담아서 만들 무구들이었다. 그 본연의 순수한 기운은 이질적인 흐름을 가리기에 충분한 '결계'가 되어주었을 터였다.

두 눈을 반짝이는 에던과 달리, 바드란은 여전히 불쾌감을 읽어내지 못하는 듯, 어리둥절한 얼굴로 에던의 옆모습만 바라 볼 뿐이었다.

눈빛이 조금 불안해 보이는 건, 이곳의 무구들 중 혹시라도 에던의 욕심을 사는 게 있을까 싶은 걱정에서였다.

물론, 용병왕과의 인연을 깊게 만든다는 부분에서, 얼마든 넘겨줄 수도 있겠지만, 그럼에도 불구하고 몇몇 무구들은 가문의 보물과도 같은 것이기에, 긴장이 되는 건 어쩔 수가 없었다.

그러거나 말거나 에던은 천천히 창고 안을 살피며 흐름의 근원지를 파악하기 위해, 더욱더 감각을 일깨우고 있었다.

얼마나 살폈을까.

'어라? 벽돌의 색이….'

문득, 에던은 이곳 창고의 벽면을 비롯하여 바닥의 색상과 질감에서 기이한 이질감을 느낄 수 있었다.

"이건…"

두 눈이 번쩍 뜨였다. 낯설지 않은 질감이었다.

'미스릴!'

레-그라자에서 생생히 겪어봤던 까닭에 모를 수가 없는
감각이었다.

"아…."

그 순간 깨달았다.

이 창고가 불쾌감의 근원 그 자체였던 것이다.

"…으음…."

뒤이어 흘러나오는 무거운 신음성.

'뭐지?'

바드란이 의아한 얼굴로 에던을 바라봤다. 갑작스런 그
의 표정변화가 이해되질 않은 까닭이었다.

잠시 그 옆모습을 바라보다, 결국 궁금증을 참지 못하고
물음을 던지려는 찰나,

"한 가지 약속을 거둬도 되겠습니까."

에던이 먼저 말문을 건네 왔다.

'…약속을 거둬?'

당연하게도 바드란의 표정이 굳어질 수밖에 없었다. 그
의 표정을 본 에던이 빠르게 말을 바꿨다.

"약조를 조금 수정하는 겁니다."

발검 준비를 하던 바드란이 자세를 바로잡으며 에던을
바라봤다. 하지만 표정과 눈빛은 싸늘하게 식어있어서, 나
오는 대답여하에 따라, 이곳에서 결전을 벌여도 이상할 것

같지가 않았다.

'성질 하고는….'

흐르는 한숨을 애써 막아 세운 에던이 재차 말문을 열었다.

"아드님에게 별빛을 안겨드리겠습니다."

순간, 바드란의 동공이 부릅떠졌다.

'별빛?'

즉, 별의 영역을 의미했다.

생각지도 못한 제안이 날아든 까닭이었다. 어느새 턱이 떨어지고, 당장이라도 침이 샐 것 같은 표정을 짓고 있었다.

하지만 이야기는 아직 끝난 게 아니었다.

"그 대신, 여길 좀 손봐도 될까요?"

결국, 침이 넘쳐버렸다.

연달아서 말도 안 되는 이야기를 들은 까닭이었다.

'여길… 손봐?'

프릭셀의 보물 창고라 할 수 있는 이곳을 건드린다?

잠시 사고가 정지된 듯, 그렇게 바드란은 침을 질질 흘려야만 했다.

"딱, 치료실 정도로만 손보겠습니다."

'치료실?'

오래지 않아 바드란의 사고가 돌아왔다.

"박살났잖아!"

당연하게도 성질이 먼저 나왔다.


[치료실!]

아주 산산조각이 났다.

어찌나 잘 쪼개 놨던지, 그 위로 새 건물을 올리는 게 너무도 수월할 정도였다.

사아아아…

바드란의 검이 조금씩 그 모습을 드러내기 시작했다. 동시에 피어나는 섬뜩한 예기가 창고 안을 가득 채웠고, 마치 거기에 호응하듯 무구들이 일제히 기세를 일으키는 게 보였다.

이미 전투태세에 들어간 그의 모습에 에던이 뒷머리를 긁적이며 슬쩍 주변을 돌아봤다.

무구들이 뿜어내는 기세가 한층 진해진 까닭인지, 불쾌한 흐름이 더욱 옅어진 게 느껴졌다. 거기에 감각을 집중하고 있던 탓에, 자연히 그쪽으로 시선과 신경이 쏠린 것이다.

그리고 이 순간 바드란이 움직였다.

사악…

마치 한 줄기 바람소리가 귓전을 스치듯, 그렇게 은밀하게 검 끝이 허공을 가르며 한 가닥 빛줄기를 새겨 넣었다.

신경을 다른데 쏟고 있을 때 날아든 기습이었다. 별의 영역에 이른 초월자라도 깔끔한 회피는 불가능한 일격이라 자신했다.

'받거나 맞거나!'

둘 중 하나라고 믿어 의심치 않았다.

하지만,

에던은 달랐다.

스윽…

너무도 당연하다는 듯, 마치 산보를 걷듯 느긋하게 한 걸음 디뎠고, 칼날은 허무한 춤사위로 허공을 가르며 돌아왔다.

이미 상대의 실력이 상상 그 이상, 예상 그 너머에 존재하고 있음을 알고 있었지만, 그럼에도 불구하고 너무도 허무한 이 결과에 일시지간 손끝에 힘이 빠졌다.

'옷자락 하나 베지 못하다니.'

작은 흔적이라도 남길 줄 알았건만, 그마저도 허락되지 못한 것이다.

상대와의 격차를 모르지는 않았다.

무려, 그들 검가의 주인이자 평생의 숙적이라 할 수 있는 존재, 사이람 아드레안과 동일시 평가되는 사내가 아니던가.

그럼에도 불구하고 검을 뽑았고, 기습처럼 휘둘렀다.

어쩔 수 없었다.

'안 된다는 걸 알고는 있었지만….'

그래도 해야만 하는 행동이었다.

프릭셀의 단장!

그 역시도 한 가문을 지탱하는 위치에 있는 만큼, 상대의 발언에 합당한 행동을 취할 수밖에 없었다.

이곳 무구 창고가 비록 금지구역들 중에서는 순위가 떨어지는 듯 보이지만, 지닌바 역사와 담겨진 무게감은 결코 가벼운 게 아니었다.

오히려 그 깊이만큼은 금지구역들 중에서 가장 높을지도 몰랐다.

다른 금지구역들은 프릭셀이 행하는 비밀 실험과 연관이 있는 것이기에 감추는 것이지, 이곳 무구창고처럼 역사 그리고 전통을 담고 있는 건 아니었다.

언뜻 별 볼일 없이 나뒹구는 무구들 속에도 그들 프릭셀의 전통 일부가 새겨져 있는 것이다.

헌데, 상대는 그 같은 장소를 '박살' 내겠다고 한다.

'여기서 참으면 프릭셀의 가주라 할 수 없지!'

그 때문에 검을 뽑았고 휘둘렀다. 하지만 단 한 번의 회피를 본 것만으로도 전투의지가 꺾이려 들었다.

분명, 느긋한 움직임이었다.

결단코 그의 바람 같은 일격을 피할 만한 속도가 아니었다. 하지만 그럼에도 불구하고 검은 허공을 가르고, 아무런 소식 없이 제자리를 찾아왔다.

이해할 수 없는 일련의 과정이 진한 압력이 되어 어깨를 짓누르며, 손끝을 무겁게 흔들었다.

'멈출 수야 없지!'

하지만 애써 이를 악물며 의지를 일으켰다. 이미 검을 뽑아버린 상황이었다. 이제 와서 무르기에는 너무 늦은 것이다.

'칼을 뽑았으면 무라도 썰어야지.'

어딘가의 격언을 되새기며 다시금 검 끝을 바로 세웠다. 그리고 뻗었다.

스륵…

또 다시 허무한 대기의 울림만이 칼끝에 전해질 뿐이었다. 앞서와 달리 이번에는 기습이 아니었기에, 큰 기대를 하지는 않았다.

대신, 이번에는 한 번으로 끝내지 않았다.

'지금부터가 진짜다!'

오히려 본격적으로 전장을 열고 전투를 펼칠 생각이었다.

파파파파파파팍…

마치 폭풍이 몰아치는 듯, 그렇게 무시무시한 검격이 쉴 새 없이 휘몰아치며 에던의 전신을 압박해 들어갔다.

자칫 한 번의 실수만 발생해도 그 즉시 난자당할 것 같은 무자비한 검광의 소나기였다.

하지만 어느 하나 에던을 건드리는 건 없었다. 심지어 옷자락마저 스치지 못한 채, 말 그대로 허무함만을 가득 그려내고 있을 뿐이었다.

폭발하듯 솟구치는 오러와 그에 호응하며 일렁이는 검의

예기에도 불구하고, 에던은 이 모든 걸 한 점의 실수와 빈 틈도 없이 피해내고 있었다.

그 같은 허무함이 쌓이자, 자연히 공격을 퍼붓고 있는 바드란의 심력이 급속도로 고갈되면서, 그의 체력을 바닥으로 짓누르기 시작했다.

"여기까지."

그 순간 에던이 그 같은 말과 함께, 처음으로 검을 뻗었다.

마치 쏟아지는 빗줄기를 가르듯, 그렇게 에던의 검이 폭풍우 속을 헤치며 바드란의 목전에 다다랐다.

"이 정도면 충분할 것 같은데. 아직 부족합니까?"

정확히 목젖 위에 검 끝을 멈춰 세운 에던이 그처럼 물으며 시선을 맞춰왔다.

그리고 이어지는 기나긴 침묵,

"후우…."

문득, 바드란이 나직한 한숨과 함께 몸에서 힘을 빼며 검을 거뒀다.

짧지 않은 격전 속에서 충분히 상대의 실력을 실감했다. 그와 동시에 에던이 그를 상대로 오로지 회피만을 선보이며, 앞서의 무례에 대해 나름의 예의를 보였음을 알았다.

상대는 무려 '왕'이라 불리는 사내였다. 상황이 어찌 되었건 칼을 뽑은 이상, 그가 프릭셀의 주인이라 할지라도 피의 법칙으로 결론을 내어도 문제될 게 없는 것이다.

하지만 에던은 모든 공격들을 받아주었고, 그에게 분노를 해소하기 위한 시간을 충분히 허락했으며, 생각할 여유까지 넉넉히 제공했다.

앞서 에던의 발언으로 인한 무례는 충분히 상쇄되고도 남음이리라.

"이곳을 박살내려는 이유가 뭐지?"

검은 거뒀으나, 그 의지는 아직 내려놓지 않았다. 언제든지 칼을 뽑기 위한 마음을 대변하듯, 그의 말투는 서늘 퍼런 날을 세우고 있었다.

에던 역시도 검을 내려놓으며 입을 열었다.

"아드레안의 주인이 바라는 것입니다."

또 다시 사이람을 방패막이로 세웠다. 실제로 이곳에서의 결과가 아드레안을 위한 일이라고 여기는 만큼, 그 같은 주장에 거리낌이 없었다.

그리고 이어진 침묵.

"약속… 할 수 있나?"

문득, 바드란이 서늘한 안광을 번뜩이며 그처럼 물어왔다.

"그라넥에게 별빛을 안겨주겠다는 거… 믿어도 되겠지?"

이곳 창고가 비록 그들 역사와 전통을 함께 담아내고 있다지만, 미래까지 담긴 건 아니었다.

오히려 바깥 세상에 진정한 미래가 펼쳐져 있었다.

가문에서 쫓겨나 에던을 따른 그라넥 역시도 그 같은 미래의 일부였다.

'무구 창고는 다시 세우면 된다!'

하지만 별빛을 얻는 건 마음대로 되는 게 아니었다.

게다가 오랜 시간동안 별의 흔적을 놓쳐버린 프릭셀의 상황을 생각해 봤을 때, 별의 주인이 탄생하는 건, 놓쳐서는 안 되는 기회며, 오래토록 기다려온 찬란한 가능성이기도 했다.

"약속드리지요."

그 말과 함께 에던이 정중하게 허리를 접었다.

'뭐… 관 뚜껑 덮기 전에, 한 번쯤 별빛을 만지면 되는 거겠지.'

뿐만 아니라 신분세탁이라는 전가의 보도가 있었다.

'용병왕은 도망치면 안 되나?'

거짓은 일상이고, 도주는 일과였다.

고개를 숙인 에던의 혓바닥이 바쁘게 움직였다.

'입술에 침 정도는 발라줘야지.'

이런 그의 생각을 아는지 모르는지, 오로지 용병 '왕'이라는 위치에 귀를 기울인 바드란이 두 눈을 질끈 감으며 검을 회수했다.

카각…

마음이 전부 풀린 건 아닌지, 조금은 거칠게 검 집으로 돌아가는 검을 바라보며, 에던이 재차 물었다.

"허락해 주시겠습니까?"

바드란의 고개가 힘겹게 위아래로 끄덕여졌다.

그리고,

본격적인 철거작업이 시작되었다.


❖ ✛ ❖


꽈앙… 쿠웅… 콰르르르…

갑작스런 폭발성과 진동 그리고 격렬한 울림에 프릭셀의 어둠을 지키던 기사들이 일제히 움직였다.

"무슨 일이야?"

"동쪽 창고다!"

"움직여! 움직여!"

한밤중에 일어난 소란이 프릭셀을 깨우기 시작했다. 하지만 그들은 채 목적지에 이르기도 전에 걸음을 멈출 수밖에 없었다.

"단장님?"

목적지로 향하는 길목에 그들 가문의 대표자가 침울한 얼굴을 한 채, 그들의 걸음을 막아 세운 까닭이었다.

"무슨 일입니까?"

"저 소란은 뭡니까?"

"당장 움직여야 합니다."

기사들이 그처럼 외치며 바드란의 어깨 너머를 응시하며

노려봤으나, 그들 가문의 주인이 손을 뻗어 시야를 차단해 버렸다.

"돌아가라."

뿐만 아니라 오히려 그들의 발길마저 돌려세우려 하고 있었다.

"자리를 지켜라."

쿠르르르르릉…

그 와중에도 묵직한 진동음과 울림이 밀려들었기에, 기 사들은 바드란의 이야기에 제대로 집중하기가 어려웠다.

"이곳에서 발생하는 일은 잊어라."

하지만 바드란은 그들을 탓하지 않았다. 당연한 반응이 기 때문이었다. 그저 조용하게 또 묵직하게 그 같은 명령을 내릴 뿐이었다.

"도대체 무슨 일입니까?"

"설명을 해 주십시오!"

몇몇 참지 못한 기사들이 그처럼 반발을 하며 나섰다. 항 명죄를 물어도 이상하지 않을 것이나, 가문을 걱정하는 마 음에서 나온 외침이라는 걸 알기에, 바드란은 그저 쓰게 웃 으며 그들의 반발을 삼켜주었다.

"돌아가라. 자리를 지켜라."

그저 그처럼 명령만 내릴 뿐이었다.

거기에 한 가지 더,

"다른 가문의 시선을 막아라."

그 같은 명을 추가하면서, 저들의 호기심을 바깥으로 최대한 내몰았다. 그럼에도 부족함이 있음을 알기에, 한 마디를 더해야만 했다.

"가문을 위한 일이다!"

결정적이었다.

그 한마디가 기사들을 움직였다.

미련이 남았음인지 한 차례씩 바드란의 어깨 너머를 훔쳐봤지만, 그 걸음은 일제히 왔던 길을 신속히 되돌아가고 있었다.

돌아가 자리를 지키며, 다른 가문의 시선을 막아, 이곳에서 발생하는 일이 외부로 새어나가지 못하도록 하는 것!

지금 그들의 최우선 과제는 오로지 그것뿐이었다.

❖ ❖ ❖

본격적인 철거작업에 앞서,

'그냥… 레일라를 불러?'

잠시잠깐 그 같은 생각이 들기는 했다.

'쯧! 관두자.'

하지만 이내 고개를 저으며 그 같은 생각을 제외시켰다. 어쩔 수가 없었다.

'이건… 너무 위험해.'

짧게나마 전장이 열렸고 전투가 펼쳐졌던 까닭인지,

슬그머니 잠에서 깨어나 그 힘을 발산하려 드는 무구들로 인해, 불쾌한 감각은 더욱 흐릿해져 있었다.

물론, 바드란과 이곳을 지키던 기사들에 의해 무구들은 이미 바깥으로 옮겨진 상태였지만, 그 진한 잔향만으로도 충분히 감각을 흐리고도 남았다.

하지만 한 번 잡은 흐름을 놓칠 만큼 에던은 허술하지 않았고, 집중에 집중을 거듭한 결과, 한층 선명하게 불쾌한 흐름 속으로 파고들 수 있었다.

그리고 깨달았다.

[악의!]

거기에는 절대적이라 할 만큼 지독한 광기가 그득했다. 별빛 너머에 이른 그의 정신력마저 혼탁하게 일그러트리려 들 만큼 위협적인 것이었다.

이를 분석하고자 레일라를 끌어들였다가, 그녀를 상처 입히는 결과로 이어질 수도 있었다.

때문에 직접 검을 들었고, 더 깊이 생각할 것도 없이 철거에 들어간 것이다.

꽈르르릉…

창고는 생각 이상으로 단단했다.

미스릴의 강도 자체만으로도 충분히 훌륭하건만, 거기에 마법적인 조치가 겹겹이 씌워져 있던 까닭에, 에던 역시도 한껏 기운을 풀어내야만 했다.

손목이 저릿해질 정도로 강한 반발력으로 인해, 최대한

조용히 처리하려던 생각과 달리, 철거작업은 요란뻑쩍하게
이어질 수밖에 없었다.

이 같은 철거작업이 절정에 달했을 때,

우우우우우웅…

강렬한 울림과 함께, 거대한 어둠이 에던을 뒤덮었다.

그리고,

칠흑과도 같은 어둠 속에서 마주할 수 있었다.

─누구냐, 넌?

짙은 광기로 빚어낸 것 같은 존재!

'마…족?'

거대한 악의 그 자체가 그곳에 서 있었다.

❖ ❖ ❖

검의 기억일까?

아니면 계승의 의식일까?

이렇게 살아왔다. 이런 삶이었다.

그렇게 이야기하듯, 무수히 많은 인생을 꿈꿨다.

'심판자들…'

단번에 심연의 주인이라 불리던 이들의 역사라는 걸 알
아챘고, 그들이 보내온 투쟁을 지켜봤다.

무수히 많은 삶이었다.

허나 정신적인 이상이 발생하지는 않았다.

그것은 마치 소설을 읽듯, 연극을 보듯, 그렇게 꿈이라는 무대를 통해 펼쳐지는 일종의 단막극이었다.

굳이 이를 단막극이라 표현하는 건, 그들의 인생을 전부 이야기하지 않는 까닭이었다.

짧게 짧게, 단 하나의 막을 보여줬고, 대개 그것은 치열한 투쟁의 순간을 중심으로 돌아갔다.

한 번의 꿈에 그렇게 하나의 단막극이 펼쳐지는 것이다.

거기에는 에던이 살아왔던 것과 같은 전장도 있었고, 그는 경험하지 못한 특이한 싸움터도 있었으며, 생각지도 못한 대전도 존재했다.

전대의 심판자.

용마대전이라 불리던 전장이야말로, 그의 상상력을 크게 깨트리는 그런 전장이었다.

단막극이란 표현을 했으나, 그저 한 번만 소개하고 끝나는 건 아니었다.

특히, 용마대전과 같은 역사적인 전장은 잊을만하면 한 번씩 그의 꿈속에 등장하며, 상상을 초월하는 존재들의 치열한 무대를 관람하게 만들었다.

그것이 비록 꿈이며 불명확한 연출이라 할지언정, 에던에게는 하나의 경험이 되어 상상력과 사고의 영역을 넓히는 계기가 되어주고는 했다.

용마대전에 비할 바는 못 되었지만, 분명 그에 부족하지 않은 그런 몽환의 세상도 간간히 펼쳐졌고, 이 모든 건 간접적인 경험이 되어 에던에게 다양한 성장의 밑거름이 되어주고는 했다.

거기에는 지식적인 부분 역시도 작용했는데, 이는 경험하지 못했던 존재들에 대한 공부도 포함되었다.

'마…족?'

처음에는 그 같은 의문을 느꼈다.

칠흑과도 같은 어둠 속에서, 유일한 존재감을 내비치는 존재였기 때문이다.

특히, 어둠을 밀어내듯 핏빛 음영과 머리위로 솟아있는 뿔의 형상이 그 같은 생각에 더욱 확신을 더해줬다.

하지만 이내 연기처럼 일렁이는 모양에, 그것이 착각이라는 걸 알았다.

뿔이 아니라 그 기세가 흩날리는 것이었다.

하지만 저 짙은 악의와 진한 광기는 충분히 마족이라는 생각을 하게 만들기에 부족함이 없었다.

꿈속, 용마대전이라는 무대에서 볼 수 있었던 무수히 많은 마족들이 그러했기 때문이다.

'…사람?'

하지만 오래지 않아 자신의 생각을 고쳐야만 했다. 어둠 속에서 피어나는 한 줄기 숨결을 느꼈고, 거기서 익숙한 생의 흔적을 읽어낸 까닭이었다.

진한 핏빛 음영으로 인해 정확한 얼굴은 볼 수가 없었으나, 그 진실은 꿈속에서 봤던 마족의 형상은 아닐 것이라 여겨졌다.

-누구냐, 넌?

문득, 그 핏빛 음영의 주인이 물음을 던져왔다. 앞서의 질문이 다시금 날아들고 있었다.

"너야말로 누구냐?"

하지만 에던은 대답이 아닌 질문으로 응수했다.

순간, 핏빛 음영이 작게 흔들리는 게 보였다. 에던은 왠지 그것이 당황하면서 내비치는 감정의 편린이라 여겼다.

"사람이냐 마족이냐?"

에던이 재차 물음을 던졌다. 동시에 핏빛 음영이 다시금 크게 흔들렸다. 직감적으로 에던은 예상하던 게 맞아 들어감을 느꼈다.

때문에 에던은 확인을 위해 한마디를 더 던졌다.

"마족과 계약을 했구나."

핏빛 음영이 더욱 요란하게 일렁거렸다. 이제는 그 형태를 제대로 알아보기 어려울 정도로 흔들리고 있음에, 에던의 두 눈이 얇게 변했다.

이마위로 솟구친 뿔의 형상은 기운이 퍼져나가며 생긴 잔영이기도 했지만, 그보다는 '계약'으로 인해 발생하는 잔영이라고 봐야 옳을 듯싶었다.

-너는… 누구냐?

다시금 이어지는 물음. 앞서와 다를 게 없었으나, 그 안에 담긴 감정들은 결코 이전과 비교할 수 없었다.

앞서 물음이 '호기심'을 우선하고 있었다면, 지금의 물음에는 진한 분노와 광기가 우선시되고 있던 까닭이었다.

"그야 뻔한 거 아니겠어?"

—……?

"네 적!"

핏빛 음영이 다시금 크게 일렁거렸다.

이번에는 당혹감이 아닌 분노의 표출처럼 보였다. 어지러이 흔들리던 앞전과 달리, 마치 화산이 솟구치듯 그러한 형상으로, 거대한 불꽃처럼 일렁이는 모습이 그 같은 생각을 하게 만들었다.

그렇게 잠시간의 대치가 이어졌다.

감정의 통제가 이뤄지는 듯, 점차적으로 불길이 잠잠해지는 게 보일 즈음, 핏빛 음영의 목소리가 다시금 들려왔다.

—용병왕이냐?

그간 생각을 하고 있던 것인 듯, 단번에 과정을 건너 결론을 찌르며 들어왔다.

"글쎄."

에던은 순순히 대답해주지 않았다.

지금까지의 질의문답을 통해, 서로가 서로를 확인하지 못하고 있다는 걸 확실히 알 수 있었다.

그가 상대를 괴이한 형상으로 보듯, 상대 역시도 자신을 하나의 형상으로써 확인하고 있을 거라 여겼다.

물론, 그가 보는 것처럼, 상대도 그의 감정적 흔들림을 확인할 수 있다는 생각을 해야 하겠으나, 거기까지는 일단 생각하지 않기도 했다.

일단은 상대의 의문 섞인 결론에 확신을 더해주고 싶지 않았다. 때문에 의심을 그저 의심으로 끝내게 만들고자, 재차 치명적인 한 방을 던졌다.

"유령왕이냐?"

크게 요동치는 핏빛 음영은 에턴이 지닌 마지막 의문을 확신으로 만들어줬다.

"세상에 있어서는 안 될 망자가, 이치를 어지럽힌다는 이야기는 들었다."

문득, '이치'를 논하던 순간, 에턴은 가슴 속 깊은 곳에서 밀려드는 한 줄기 울림을 느꼈다.

당연히 그러해야 하는 것마냥, 그걸 고스란히 언어로써 표현했다.

"심연이 너를 기다릴 것이다!"

그와 동시에 사자검이 울음성을 터트렸다.

우우우우우웅…

강대한 기운이 폭발하듯 쏟아져 나왔고, 이를 감당하기 어려웠음에, 에턴은 그대로 검을 내질러야만 했다.

그리고,

어둠이 걷히고 하늘이 드러났다.

저 멀리,

새벽을 밝히는 빛줄기가 비쳐들고 있었다.

❖ ✜ ❖

"크아아아아악~!"

강렬한 통증이 몰아치며 심장을 짓눌렀다.

마치, 뇌가 폭발할 것 같은 두통이 밀려들며 이마위로 굵직한 핏줄기가 솟구쳐 올랐다.

눈가는 시뻘겋게 물들었으며, 전신은 퍼렇게 변색되고 있었다.

"끄으… 으으… 으…."

고통이 밀려들고, 죽음이 다가왔다.

"까드드득!"

이를 악물고 입술을 짓씹으며 밀려드는 운명을 거부하고 부정하며 저주했고, 그렇게 스스로에게 거짓을 강요했다.

마법진과 연결되어 있던 사념이 무너지면서, 그 여파가 크게 역행하며 내부를 흔들고 있었다.

그저 마법적인 여파라면 모르겠으나, 마지막에 몰아친 기이한 칼바람이 공간을 넘어 그를 직접적으로 타격해 왔던 까닭에, 상상이상의 충격파가 내부를 뒤흔든 것이다.

방비하지 못했던 까닭에, 그 여파가 더욱 컸다.

생과 사가 역전에 역전을 거듭했다.

제물들을 통해 육신을 완성시켜온 덕분인지, 가까스로 위기를 넘길 수 있었지만, 목전까지 다다랐던 죽음의 그림자로 인해, 전신이 솜에 젖은 듯 무겁게 늘어졌다.

주저앉듯 혹은 무너지듯 그렇게 바닥에 몸을 뉘여야만 했다.

'대체…누구냐?'

이해할 수가 없었다.

그가 펼쳐놓은 마법진은 결코 간단한 것이 아니었다.

과거, 드래곤의 레어에서 가지고 나온 공부로써, 이해할 수 없던 부분은 '계약'을 통해서 받아들였고, 거기에 더해 오랜 세월 꾸준히 강화를 진행해왔다.

게다가 그 안에 새겨놓았던 사념들은 무려 500년의 세월 동안 차곡차곡 쌓아올린 것이 아니던가.

때문에 최악의 순간에도 충분히 대비할 수 있어야 했다.

이는 오늘과 같이 마법진에 직접적인 타격이 발생해서, 지금처럼 무너질 수 있는 상황을 의미하는 것이었다.

그뿐만이 아니라 마법진에 새겨진 사념의 깊이에 따라, 그가 직접적으로 행사할 수 있는 영향력도 높아져야 옳았다.

헌데, 이게 웬일?

'아무것도 할 수가 없었다.'

상대를 징치하지도 못했고, 이렇다 할 제지도 하기 어려웠으며, 결정적으로 존재를 살피는 것조차도 힘겨웠다.

알 수 없는 파동이 상대의 주변을 휘감고 있음에, 그 정체를 파악하기는커녕, 그 형태를 살피는 것조차도 쉽지 않았다.

'사람인가?'

그 같은 의문마저 들 만큼, 그저 기이한 형상으로써 존재할 뿐이었다.

그것은 짙은 어둠이었다.

보고 있음에도 눈에 담기지 않는, 그런 심연과도 같은 어둠이 그를 마주하고 있다는 생각마저 들었다.

게다가 물음을 던졌을 때, 물음으로 답하는 모습은 충격적이기까지 했다.

그의 마법이 전혀 먹혀들지 않는다는 걸 확인하던 순간이었기 때문이다. 일종의 정신지배라 할 수 있는 마법이 그곳에는 잔뜩 깔려 있었건만, 이 같은 마법들이 전혀 통하지 않았던 것이다.

상대를 살피고자 했건만, 도리어 그의 존재만 드러낸 것 같다는 생각마저 들었다.

"후웁… 후… 후우우우…."

숨을 고르며 가슴을 진정시키고 육신을 달랬다. 잠시간의 휴식이 효과가 있던 모양인지, 겨우 몸을 일으킬만한 기력은 회복되었다.

자리에 앉아 오늘의 만남을 재차 상기했다.

'용병왕일까?'

일단 떠오르는 건 에던 운트였다. 하지만 선뜻 고개를 끄덕이기가 어려웠다.

상대의 연령대가 한 차례 의문을 제시한 것이다. 하지만 당장 대륙에서 그의 위협이 될 만한 사내를 떠올린다면, 결국에는 '왕'이라 불리는 이들 뿐이었다.

[기사왕과 용병왕!]

그 외에 또 어떤 이들이 숨어있을지는 알 수 없으나, 당장은 그들 두 사람을 우선순위로 꼽을 수 있었다.

하지만 사이람은 그로 인해서 몸져누운 상황이었다.

그가 심어놓은 광기의 여파를 아직 털어내지 못하고 있다는 걸 알기에, 결국 기사왕은 제외할 수밖에 없었고, 결국 남은 건 용병왕 뿐이었다.

그럼에도 불구하고, 선뜻 납득하고 싶지가 않았다.

상대는 이제 겨우 30년 남짓을 살아온 청춘이었다. 무려 500년이 넘는 그의 세월을, 10분의 1도 안 되는 청춘에게 따라잡힌다는 건, 도통 인정하고 싶지가 않던 것이다.

그렇지만 그는 이성적인 판단력을 우선시하는 마법사이기도 했다.

'애초에 그딴 애송이가 별빛 너머에 오를 거란 생각도 못했었지.'

한 차례 반전을 겪었다

그와 같은 상황이 또 다시 발생하지 말라는 법은 없었다.

'에던 운트…'

상대를 일단 첫 번째 위협대상으로 올려놓았다.

그와 동시에 하나의 가능성을 상기했다.

"드래곤…."

두려움에 취해서 한 때는 입 안에 굴리기만 했던 그 단어를 조심스레 입 밖으로 내어보았다.

'어쩌면, 만약…'

그들이 움직인 것이라면?

세상 곳곳에 풀어놓았던 '돌의 파편'이 이제와 그 여파를 드러내는 것이라면?

'신중해야 한다!'

다시금 세상 밖으로 고개를 내밀려는 순간, 이 같은 사건이 발생했음에, 어깨가 움츠러들며 생각이 깊어질 수밖에 없었다.

한 동안 손대지 않았던 '계약'에 다시금 손을 뻗어야 할지도 모른다는 두려움이 일었다.

'신중해야 한다!'

깊은 고민과 함께 왕의 무덤에 침묵이 깃들었다.


❖ ❖ ❖


눈살을 찌푸리며 비쳐드는 햇살을 받아들였다.

묵직한 파괴력의 여운이 손끝에 남아있음에, 한층 더 이맛살이 구겨졌다.

"이놈이 이젠, 남의 주둥이를 멋대로 놀리네."

뜬금없던 외침이 떠올랐다.

"뭐? 심연이 어째?"

그가 뱉었으나, 언어의 중추는 그에게서 오지 않았음을 알았다.

심판자의 외침이었고, 사자검의 의지였다.

"확! 불쏘시개로 만들어 버릴라. 이 빌어먹을 쇳덩어리가 아주 미쳐가지고…."

에던이 사자검을 내려다보며 노발대발하며 성을 냈다.

멀찍이서 이를 지켜보던 바드란이 조용히 두 눈을 감았다. 부서져버린 무구창고 위로 웬 광인이 널뛰고 있음에, 지난 선택에 후회가 밀려든 까닭이었다.

'내가 무슨 짓을….'

왠지, 머리위로 쏟아지는 햇살이 따가웠다.

7. 신성왕국.

7. 신성왕국.

뭐니뭐니해도 회복의 최우선은 역시나 심적인 안정이었다.

물론, 상황이라는 게 이를 허락하지 않았지만, 그래도 최선을 다해 회복과 안정에 전념하고 집중했다.

그 와중에 날아든 소식은 겨우 안정기로 접어들던 내부가 다시금 혼돈 속으로 빠질 것 같은 진한 파문을 남겼다.

"그러니까… 각 가문의 무구창고를 철거하라?"

사이람의 물음은 공허하게 허공만 가를 뿐이었다. 거기에 대답해 줄 에던은 곁에 있지 않았다.

애초에 이 소식 자체도 직접 전해온 것이 아니었다.

프릭셀의 기사를 통해서 그저 간단한 보고 형식의 쪽지만

231

건네고 끝이었다.

그나마도 내용이 부실했음에 상당부분 추리로 때려 맞춰야만 했다. 시간이 나면 따로 사건의 중심지였던 무너진 무구창구를 살피고, 바드란과 이야기를 나눠야 할 판이었다.

"끄으으응…."

절로 앓는 소리가 나오고 머리가 끓어올랐다. 당연히 정신적인 변화에 육체가 반응하며 오러가 모습을 드러냈다.

"후우우우우웁…."

길게 숨을 고르며 가까스로 이를 가라앉히고 갈무리했다. 급속도로 회복을 하고 있다고는 하나, 오랜 시간을 내부가 찢겨지고 갈라진 상태로 있던 여파인지, 버서커의 광기가 사라졌음에도 불구하고, 그 자체만으로 적잖은 회복기가 필요했다.

일단 쪽지의 내용 중에서 결정적인 부분을 다시금 뇌리에 되새겼다.

[유령을 봤습니다.]

그 내용이 의미하는 바를 단번에 이해할 수 있었다.

'유령왕을 만났단 뜻이겠지.'

마법과 결계 그리고 환상 같은 단어들도 함께 포함되어 있음에, 유령왕이 직접 이곳에 등장한 건 아니라, 어떠한 마법적 조치로 인해 서로가 연결되었을 거라 여겼다.

애초에 유령왕이 등장했다면, 겨우 무구창고 하나 정도로 끝날 리가 없었다.

'아드레안 전체에 비상이 걸렸겠지.'

혹여, 멀찍이서 한바탕 한다 할지라도, 그 정도의 힘이 격돌한다면 그가 모를 수가 없었다.

몸 상태는 좋지 않지만, 그래도 회복기에 접어든 상태가 아니던가.

"아주 제대로 싸질러 놓고 갔군."

그야말로 뒤처리는 생각도 안 한 모양새였다. 프릭셀에서 숨긴다고 공을 들였지만, 무구창고라는 건 어느 가문에서나 금역으로 지정된 장소였다.

그곳이 무너진 사건인 만큼, 이미 다른 가문에도 알려졌을 확률이 높았다.

'골치 아프군.'

회복이 먼저인 상황이었지만, 아무래도 흘러가는 분위기가 이를 허락하지 않을 듯싶었다.

'어쩔 수 없나.'

나직한 한숨과 함께 그가 자리에서 일어났다. 아드레안의 가주가 강제적으로 병마를 떨치는 순간이었다.

❖ ✚ ❖

벅벅벅…

격렬하게 귀지를 파던 에던이 슬쩍 뒤를 돌아봤다.

"내 욕이라도 하고 있는 거려나."

이상할 정도로 귀가 간지러웠음에 슬쩍 그런 생각마저 하게 만들었다.

그와 동시에 떠오르는 얼굴도 있었다.

[사이람 아드레안!]

내심 싸지르고 온 게 생각보다 크다는 생각을 했음에, 당연하다는 생각도 들었다.

'상황이 상황이니까… 이해해주쇼.'

쓰게 웃던 그의 시선이 옆구리로 향했다.

앞전의 소란과 달리, 얌전히 잠들어있는 사자검의 모습이 보였다.

아드레안을 나와 다시금 여정에 오른 사이, 중간중간 '웅웅' 하면서 울어대고는 했는데, 이는 과거에도 느낀 바 있던 일종의 '잠꼬대'였다.

프릭셀의 무구창고에서 뜻밖에 많은 힘을 사용한 까닭이었다.

애초에 미스릴로 이뤄진 창고 자체의 방어력도 남달랐건만, 그곳에 펼쳐져 있던 마법은 생각보다 강렬한 것이었고, 결정적으로 뜻밖의 연결 속에서 만난 유령왕을 베어내는 것까지, 적잖은 힘이 소모된 것이다.

아직 사자검에 대한 지식이 부족함을 알기에, 혹시나 하는 마음으로 라브론에게 물음을 던져야만 했다. 드래곤의 지식이나 조율자의 감각이라면 그가 놓치거나 모르는 부분까지 알 수 있지 않을까 하는 마음에서였다.

[그건 일족의 실수 때문이라고 하셨습니다.]

뜻밖이라고 해야 할까? 의외의 대답이 튀어나왔다.

에던 역시도 알고 있던 것처럼, 사자검은 세계수에 '봉인' 되어 있었다.

그것은 결코 짧지 않은 시간이었던 만큼, 사자검에게 적지 않은 영향을 끼칠 수밖에 없었다.

다시 생각해도 골 때리는 이야기였다.

[긴 세월 봉인되었다는 건, 그만큼 '굶었다' 라는 의미이기도 하니까요.]

때문에 사자검이 유난스러울 정도로 식욕이 왕성한 것이다.

[심판자라는 존재가 세상에 알려진 건 아니지만, 언제나 심판자는 존재해 왔고, 사자검은 그런 심판자들의 손을 타면서 꾸준히 배는 채워왔을 테니까요.]

당연하게도 비었다면 채워줘야 하겠으나, 에던은 언제나 입술만 적시는 수준으로 사자검의 굶주림을 달랠 뿐이었다.

[사춘기라고 생각하세요.]

아이의 입에서 그 같은 단어가 나온다는 게 참으로 신선했지만, 어찌 되었건 그런 이유로 인해 사자검이 그의 육신을 잠시 통제하려 들었던 것이라는 설명도 덧붙였다.

[욕구불만!]

딱 한마디로 이를 정의했는데, 아이의 입에서 연달아

흘러나오는 뜻밖의 단어들로 인해, 잠시지만 넋을 놔야만
했던 순간이기도 했다.

[알다시피 사자검은 '에고 소드' 니까요.]

그것도 무려 마신의 의지가 깃든 특별한 '에고' 였다.

거기에 더해서 한 가지 더,

[정확한 건 모르겠지만, 심연이 직접 언급되었다는 건,
상대는 심판자의 권한이 필요한 존재라는 것일 겁니다.]

딱 거기까지가 라브론이 전해줄 수 있는 '드래곤의 지
식' 이었다.

지난밤의 대화를 떠올리고 있자니, 자연스레 아이에게로
시선이 향했다. 그러다 문득 깨달은 듯, 에던이 눈을 빛내
며 라브론을 바라봤다.

'그러고 보니….'

첫 만남부터 지금껏 이어져오던 아이의 행동 하나가 사
라져 있음을 깨달았다.

"…감기는 다 나은 거냐?"

조금은 뜬금없는 그의 물음에 라브론이 눈을 동그랗게
떴다.

"감기라니요?"

마치, 나는 그런 것과는 인연이 없다는 얼굴이었다. 이
에, 지금껏 연신 쿨쩍이던 아이의 행동을 언급하자, 그제야
고개를 끄덕이며 이해하는 태도를 보였다.

"그건 감기가 아니라, 일종의 적응기의 자연스런 반응

이에요. 쿨쩍!"

뒤이어 말끝에 이어지는 코 먹는 소리에서, 나은 듯 보였던 감기 혹은 '적응기' 라는 게 아직 진행 중이라는 걸 알 수 있었다.

침묵 중에는 모르겠으나, 대화가 진행되며 다시금 코를 자극시킨 모양이었다. 멈춘 듯 보였던 쿨쩍임이 점차 가속화 되기 시작했다.

"적응기?"

레일라가 가장 먼저 반응을 하며 의문을 건네 왔다. 아무래도 마법사이다 보니, 드래곤의 핏줄을 타고난 라브론에게 여러모로 관심이 생길 수밖에 없는 모양이었다.

"헤헤… 잊으신 모양인데. 저는 이제 겨우 1살이니까요."

라브론의 이야기에 그제야 떠올렸다는 듯, 프레이를 제외한 나머지 어른들이 '아차' 하는 얼굴로 제 이마를 두드렸다.

크라이드만과 세계수가 만든 시간의 공간 속에서 10년의 세월을 보냈고, 그곳에서의 여파로 인해 외형만큼은 5살 남짓의 아이라고는 하나, 그 탄생은 이제 겨우 1년 밖에 안 된 어린 '아기' 였던 것이다.

"게다가 전 그 1년마저도 어머니 나무의 품 안에서 생활했으니까요."

말인 즉, 실질적으로 세상으로 나온 건, 이번이 처음이라는 의미였다.

"쿨쩍… 세상은 춥더라구요."

하필이면 그 시기가 가을과 겨울의 접점이었고, 어린 아이의 육신은 거기에 적응하고자 열심히 노력을 하는 중이었다.

"그래도 슬슬 적응이 끝나가고 있으니까요. 쿨쩍!

점차적으로 추위가 더해갔던 까닭에, 그 시간이 더 길어졌을 뿐이지, 머지않아 코로 배를 채우는 시기도 끝난 터였다.

대화가 멈춰있을 때는 코먹기도 멈추는 게 그 증거였다.

둘의 이야기가 끝날 기미가 보이자, 가만히 듣고 있던 셰릴이 슬쩍 끼어들며 에던에게 의문을 건넸다.

"그런데 이렇게 대충 마무리하고 떠나도 되는 거야?"

대략적인 상황 정도는 전해 들었던 만큼, 아드레안에 다가올 변화와 사이람이 처할 상황까지도, 일정부분 짐작이 가능했던 까닭에 이처럼 묻지 않을 수가 없었다.

"뭐… 좀 힘들기는 하겠지만, 충분히 감당할 수 있을 거야."

에던은 그리 답하면서 사이람의 고생에 대한 부분을 정리했다.

'미안하기는 하지만….'

프릭셀의 무구창고에서 이뤄졌던 만남을 통해, 당장 중요한 건 아드레안이 아님을 알게 되었다.

'…유령왕!'

애초에 그를 찾기 위해서, 잡기 위해서 나선 걸음이 아니던가.

　물론, 그들이 찾던 것과 유령왕의 연관성에 대해서는 아드레안에 방문한 덕분에 확신할 수 있게 된 것이지만, 어찌되었건 무구 창고에서의 만남으로 인해, 더는 지체하기 어렵다는 걸 알게 되었다.

　'…괴물이지.'

　상대는 그 역시도 짐작하기 어려운 존재였다.

　이미 크라이드만 그리고 사이람과의 대화를 통해, 상대가 드래곤의 지식을 상당부분 구현해 냈다는 걸 알았고, 거기에 더해 이번 만남으로 어둠의 존재들과 '계약'까지 했다는 가설을 완성시켰다.

　사이람을 통해 유령왕의 몸 상태가 정상이 아닐 것이란 소리를 들은 만큼, 일찌감치 움직일수록 좋다는 결론을 내린 것이다.

　'최대한 약할 때 짓밟는다!'

　그것이야말로 승부의 핵심이지 않겠는가.

　정정당당?

　에던의 입 꼬리가 슬쩍 올라갔다.

　"까는 소리."

　한 마디로 일축한 뒤 다시금 여정에 박차를 더했다. 한시바삐, 조금이라도 약할 때, 확실하게 마무리를 짓기 위해서라도, 달려야 할 때였다.

＊ ÷ ＊

　고대로부터 대륙에는 무수히 많은 신들이 존재해왔고, 그들을 따르는 신도와 신전 그리고 교리가 전해져왔다.

　당연하게도 이를 통한 대립이나 갈등 그리고 적지 않은 분쟁이 존재할 수밖에 없었다.

　신의 뜻을 따르는 이들 간의 마찰 외에도 이와 관련된 왕국들의 다툼까지, 작게는 영지규모의 전쟁에서부터 크게는 왕국 혹은 대륙 규모의 전쟁까지도, 그야말로 다툼의 연속이었던 시기가 있었다.

　[성국!]

　그 같은 상황을 정리하기 위하여 탄생한 것이 바로 신성왕국 '라브나보타'였다.

　고대어로 '신의 숨결'이라는 뜻을 담고 있었는데, 이곳의 탄생배경은 이러했다.

　성전이라는 명목으로 벌어지는 전쟁이 신의 뜻이 아니라 개인의 욕심으로 전락하고 있음에, 첫 번째 신의 사자며 조율자라 불리는 드래곤이 직접 전장의 하늘을 거닐기 시작한다.

　이에 두려움을 느낀 사제와 성기사들은 다급히 칼과 창을 내려놓고, 피와 살육이 아닌 대화를 통해 상황을 풀어가고자 노력하기에 이른다.

　드래곤은 어떠한 파괴행위도 하지 않았으나, 그 존재

자체만으로도 성스러웠고, 한편으로는 두렵기 그지없었다.

그 때문일까?

대화는 극적일 만큼 화합으로 어우러졌다.

그렇게 수년간 이어지던 전쟁이 갑작스런 강제적 화합 끝에, 결국 그들은 하나의 뜻으로 뭉치기에 이른다.

이 역시 강제적이라 할 수 있겠으나, 그 날을 기점으로 드래곤의 음영이 하늘에서 사라졌음에, 자신들의 선택이 틀리지 않았다는 걸 깨달았고, 그렇게 점차적으로 하나의 영역을 구축하며, 왕국의 형태를 완성시켜간 것이다.

신성왕국 탄생의 배경이었다.

놀랍게도 그 역사가 무려 천년 이상 이어져온다고 알려져 있었다.

물론, 그만한 역사를 이어서 내려오는 만큼, 그들을 향해 날을 세우고 손길을 뻗어오는 이들도 적지 않았다.

위기라고 할 수 있던 순간은 오히려 많은 편에 속했다. 하지만 그런 상황마도 그들을 구원하던 존재가 있었다.

[성녀!]

짧게는 반세기에서 길게는 한 세기 이상의 시간을 거쳐서 등장하고는 하는 존재였는데, 그들 성녀의 존재는 대륙 많은 이들의 의지를 성국으로 모아줬고, 덕분에 성국은 무수히 많은 위협 속에서도 스스로를 지켜낼 수 있는 힘을 얻어왔다.

"어느새 한 세기가 다 되어가는 건가."

신성왕국의 정점이라 불리는 존재, 교황은 나직한 음성과 함께 창밖을 바라봤다.

대륙이 거대한 전쟁터로 변하고, 뜨거운 열기가 사방으로 퍼져나가며, 이곳 성국 역시도 그 불길에 휩싸이려 하고 있었다.

그 때문일까?

성녀의 존재가 너무도 간절해질 수밖에 없었다.

"후우…."

당장 성국의 전력을 떠올리고 있으려니, 절로 골머리가 아파왔다.

결코 약한 전력은 아니었다.

하지만 대륙의 전란에 휩싸인 지금, 온전히 그 위협을 버텨낼만한 수준이라고 하기에는 어려움이 있었다.

아직까지는 그들 성국을 향해 칼을 들이미는 경우는 없었지만, 슬슬 위기가 다가오려 하는 중이었다.

역시나 신관의 존재가 문제였다.

전쟁터에서 신관은 최고의 지원부대가 되는 까닭이었다. 회복까지 적잖은 시간을 필요로 하는 치료사와 달리, 그들 신관의 성력은 회복기간을 줄이고, 단숨에 전력으로의 복귀까지도 고려할 수 있게 만드는 저력을 지니고 있었다.

그 때문인지 신관을 끌어들이기 위한 주변국들의 불길이 그들 성국의 외곽을 침범하는 중이었다.

지금까지는 적절히 파견을 보내고, 적당한 외교술로 대응을 하며 어찌어찌 버텨내고 있었지만, 슬슬 버티기도 버거워지는 상황이었다.

이러다가는 결국 그들도 칼을 뽑아야만 할지도 몰랐다.

"큰일이군…."

근 일백년의 시간 속에서, 어쩌면 가장 최악 최약의 전력 상태가 지금의 성국일지도 몰랐다.

때문에 칼을 뽑고자 해도, 그 안에 녹슨 철검이 숨겨져 있음에, 선뜻 선택하기 어려운 상황이기도 했다.

그래서일까?

"후우…."

머릿속은 오로지 성녀라는 단어로만 가득 차오를 뿐이었다.

❈ ✛ ❈

성국은 대륙에서 가장 긴 역사를 자랑하는 왕국이었다. 천년 이상의 시간을 내려오고 있을 거라 전해지는 만큼, 그 안에 새겨진 세월의 흔적 역시도 여느 왕국에서는 볼 수 없을 정도로 뛰어나고 또 강렬했다.

그 때문일까?

"와…."

절로 감탄이 나올 정도로 다양한 역사의 흔적들이 건물

사이사이, 거리 곳곳에 아낌없이 퍼져있었다.

때문일까?

"이것 좀 봐. 그릭산 건축법으로 지은 탑이야."

"저건 프리얀의 벽화야."

"세상에!"

"맙소사!"

에던 일행은 이곳 성국으로 온 본연의 목적을 잠시 망각한 듯, 첫 날은 그렇게 때 아닌 관광으로 하루를 보내기 시작했다.

당연하게도 일행 중에서 가장 즐긴 건 라브론이었다. 아이는 노는 게 일이라는 걸 증명하듯, 가장 열심히 뛰어다니며 성국을 구경했다.

아드레안에서 이미 증명한 바 있듯이, 군것질거리고 쉴 새 없이 입안에 쏟아 넣으며, 그야말로 제대로 확실하게 만끽하고 즐겼다.

이미 알고 있었지만 새삼스럽다고 해야 할까?

"그렇게 먹고도 또 들어 가냐?"

에던은 아이의 놀랍고도 충격적일 정도의 식성을 앞에 두고, 결국 그처럼 묻지 않을 수가 없었다.

그도 그렇게 이미 식사를 끝낸 와중에도 군것질거리를 끊임없이 흡입하는 아이의 저장능력이 실로 무시무시했던 까닭이었다.

그 핏줄 때문일까?

이미 그 식사량에 대해서는 짐작하고 있었고, 여정을 통해서도 이래저래 겪어보기도 했다.

성인 장정 수준이 아니라, 몬스터 급의 배를 가지고 있다는 것 정도는 충분히 알고 있었건만, 군것질을 시작한 순간 보여주는 폭식은 그야말로 상상을 초월하는 수준이었다.

이전의 라브론을 오크 수준으로 생각하고 있었다면, 지금의 라브론은 그야말로 오우거 수준의 흡수력을 보여주고 있는 것이다.

"밥 먹는 배하고 간식 배는 따로 있다잖아요."

태연히 그런 대답을 하는 라브론의 모습에, 에던은 그야말로 뒷골이 울리는 진한 통증을 느껴야만 했다.

그도 그렇게 앞서 아드레안에서 프레이가 그러했듯, 지금은 온전히 그의 주머니에서 돈이 나가는 까닭이었다.

'끄응….'

나중에 따로 크라이드만에게 아이의 식사비를 청구해야 하는 건 아닐까 싶을 정도라고나 할까?

특히, 근래 들어 마땅한 의뢰가 없이 생활을 해 왔던 까닭인지, 알려진 명성이나 그 위치와 달리, 실질적으로 지닌 바 주머니의 무게감은 더없이 비참한 수준이었다.

더군다나 대개의 관광지 음식들이 그러하듯, 아이가 고르는 건 하나같이 만만찮은 가격들을 자랑하고 있음에, 주머니가 비어가는 속도 역시도 무시무시할 정도였다.

'때릴까?'

잠시 그 같은 생각이 들었지만, 앞서 언급되었던 '1살' 이라는 아이의 나이가 괜스레 떠올랐던 탓에, 슬그머니 주먹을 펼칠 수 있었다.

'그래도… 좀 먹어보란 소리라도 할 것이지. 혼자서만 먹냐. 젠장!'

주머니가 헐렁해지는 기분에 그저 눈으로만 관광을 즐길 뿐이었다.

"선생님 이것 좀 드셔보세요."

그 순간 아이가 활짝 웃으며 먹을거리를 건네 왔다.

'오… 오오!'

잠시간 에던의 눈가에 감동의 빛이 일었지만, 오래지 않아 시꺼멓게 썩어버렸다.

고기만 홀랑 빼 먹은 꼬치가 보였다. 야채만 어설프게 덜렁거리고 있었는데, 그 조촐한 모습에 결국 묻지 않을 수가 없었다.

"이건… 뭐냐?"

"건강식이에요. 헤헤!"

아이의 그 순진무구한 웃음에 에던도 하얗게 웃을 수밖에 없었다. 주먹에 쑤셔 넣을 힘마저 빠지는 기분이라고나 할까?

"쓸데없는데 힘 빼지 말고, 관찰… 아니, 관광이나 더 열심히 하시지."

문득, 세릴이 그처럼 말을 건네며 팔짱을 껴왔다. 계절

탓에 두툼한 옷을 입고 있음에도 불구하고, 팔뚝을 타고 넘어오는 그 풍족한 느낌에 저도 모르게 헛기침이 나와 버렸다.

"크흠… 흠…."

"응큼하기는."

셰릴이 눈웃음을 치며 더욱 강하게 그의 팔뚝을 끌어 앉았다.

"하학… 쿨쩍… 헤에…."

그 순간 들려오는 거친 숨소리가 있었지만, 에던과 셰릴 두 사람은 애써 이를 무시하며 '관광'에 전념할 뿐이었다.

'뭐… 실제는 관찰이지만.'

셰릴은 그 생각과 함께 슬쩍 주변을 돌아봤다.

그와 그녀 그리고 라브론 이렇게 세 사람이 마치 한 '가족'처럼 꾸민 채 관광을 하고 있었는데, 이는 성국을 '관찰'하는 시선에 의심을 지우기 위한 조합이었다.

레일라와 프레이도 초반에는 함께 행동했었지만, 점심을 먹고 난 이후 본격적인 관찰을 위해, 따로 움직이기로 한 것이다.

정확하게는 셰릴의 주장에 의해서이기도 했다.

왜? 하필?

[내가 아닌데?]

이 같은 레일라의 반발이 있었지만, 이 부분에 대해서는 나름 그럴싸한 이유가 존재했다.

[아무래도 마법사가 우리보다 성국을 조사하기는 더 수월할 테니까.]

에던과 셰릴의 감각이 남다르다는 건 사실이었지만, 아무래도 마법적인 결계와 같은 부분에 대해서는 레일라와 비교할 수가 없었다.

그것이 비록 '성력'을 기반으로 한 '성법'이라 할지라도, 마법적인 결계와 맞물리는 부분이 있는 만큼, 레일라가 홀로 움직여도 이상할 게 없다는 이유였다.

이와 같은 이유에서 프레이 역시도 개별적인 행동을 할수밖에 없었다.

[넌… 말 안 해도 알지?]

이제는 본인이 '성녀'라는 걸, 프레이 스스로도 잘 알고 있었다. 때문에 성국에 펼쳐져 있을 특이점을 찾아내는 건, 오히려 레일라보다 그녀가 더 나을 거란 결론이었다.

그런 의미에서 에던과 셰릴도 따로 움직이면 될 거란 이야기가 오갔지만, 거기에서 걸린 게 바로 라브론의 존재였다.

[애는 누가 맡을 건데.]

한 차례 데여봤던 까닭일까?

프레이가 슬쩍 거부의사를 밝히면서, 자연스레 '가족' 형태로 에던과 셰릴 그리고 라브론의 조합이 이뤄진 것이다.

'뭐… 나 혼자 움직였어도 될 것 같지만.'

돈이 아까워서 그런 마음이 드는 건 아니라며, 스스로에게 변명을 해 봤으나, 아무래도 가벼운 주머니만큼 무거워지는 어깨는 어쩔 수가 없었다.

굳이 이처럼 별도로 움직이며 조사를 하는 이유라고 한다면, 그들이 찾고자 하는 '왕의 무덤'이 일반적인 장소가 아닌, 특별한 장소에 존재하는 까닭이었다.

'지하로 들어가는 비밀통로라….'

신성왕국의 내부 깊숙한 곳에 숨겨진 장소이기에, 이를 찾아가는 길을 상세히 살피기 위한 관광 혹은 관찰인 것이다.

과거, 헤일러가 왕의 무덤에 대해 살필 수 있었던 건, 그곳이 몽크들의 자료를 보관하는 곳과 멀지 않았기 때문이었다.

옛 문헌이 잠들어 있는 장소는 어느 가문이나 할 것 없이, 대개는 '금지구역'으로 분류되고는 했는데, 이 같은 이유처럼 왕의 무덤 역시도 성국의 금지구역 중 하나였다.

말인 즉,

[정상적인 방법으로는 들어갈 수가 없다는 의미지.]

헤일러는 그처럼 이야기를 했고, 그 때문에 더더욱 프레이의 동행을 허락하게끔 만들었다.

성국은 결국 신을 위한 거대한 신전이기에, 성녀는 그 안의 문제를 가장 잘 알게 될 것이라는 이유였다.

이는 감각적인 부분이라 할 수 있었는데, 이 부분에서는 에던 역시도 부족하지 않다고 자부했지만, 거기에 대한 헤일러의 의견은 부정적이었다.

[네가 잊은 모양인데, 마신은 이곳 세상에서는 배척받는 신이야.]

의미인 즉,

[성국에서는 자네의 감각이 온전하지 않을 수 있네.]

그 말 그대로라고 해야 할까?

실제로도 에던은 이곳 성국 내부로 발을 들이는 순간부터 미묘하게 감각에 잡음이 끼는 느낌을 받아야만 했다.

눈에 띄게 거슬리거나 할 만큼 과한 수준은 아니지만, 미묘하게 신경이 쓰인다고 해야 할까?

셰릴의 제안을 받아들인 것도 이 같은 이유도 일부 포함된 것이기도 했다.

정보조직의 수장으로써 단련된 그녀의 눈과 귀를 빌리기 위함이며, 동시에 조율자의 후계로 선택받은 라브론의 감각에도 도움을 받으려는 것이다.

감각이 크게 손상된 건 아니지만, 그래도 만에 하나라는 게 있는 까닭이었다.

외부적인 이상을 잡음의 하나로 여겨버릴 확률도 배제해서는 안 되는 만큼, 평소처럼 개별행동이 아닌, 눈과 귀 그리고 감각의 지원을 선택한 것이었다.

다행이라고 한다면, 헤일러를 통해 몇몇 예상되는 지점들에 대해서 들었다는 점이었다.

비록 성국에서 쫓겨나다시피 했다지만, 몽크의 역사는 여전히 이어지고 있었고, 헤일러는 그들의 대법관이라는 위치에 있는 만큼, 성국에 대해 적잖이 파악하고 있는 것이다.

"그나저나… 생각보다 규모가 작네."

한창 성국을 살피던 중, 혼잣말처럼 흘러나오는 에던의 이야기에 셰릴이 웃으며 이야기를 받아주었다.

"너무 화려해서도 안 되고, 너무 웅장해서도 안 되며, 너무 내세워서도 안 된다."

헌데, 그 내용이 실로 뜬금없었다.

"무슨 소리야?"

자연히 에던의 물음으로 이어졌고, 셰릴은 그에 대해서 간단히 답을 내어줬다.

"열한 번째 교황께서 하신 말씀이래."

워낙에 오랜 옛 과거의 이야기인 까닭에, 자세한 내용은 전해지는 게 없었다.

단지, 성국의 문헌을 통해 작게나마 살필 수 있던 이야기의 일부로서, 그 내용은 앞서 셰릴이 언급한 바와 같았는데, 그 의미가 실로 특별했다.

"고대로부터 성녀의 존재 때문에 성국이 큰 위기를 잘 버텨왔다고는 하지만, 그래도 온전히 버텨내는 건 무리였다고 해."

때문에 간혹 건물이 부서지고 그 역사가 일부 허물어지는 경우가 있었다.

열 번째부터 열한 번째 교황으로 넘어가던 시대가 특히 심각했다고 하는데, 당시에는 성국의 건물을 전체적으로 뜯어고쳐야 할 만큼, 그 피해가 심각했다고 전해진다.

"외부의 시선을 너무 잡아두지 않기 위해서라도, 최대한 단출하게 성국의 모양새를 잡았다고 하더라."

그 덕분일까?

이후 적지 않은 시간동안 성국이 주변국의 표적이 되는 일이 줄어들었고, 그와 같은 이유로 인해 성국은 화려하지도 웅장하지도 않고 또 내세우지 않는다는 의미를 되새기며, 그들 역사를 건물에 새겨온 것이다.

"지금에 와서는 그렇게 쌓인 역사가 '의미'가 돼서, 결국에는 내세워지는 부분이 있지만, 그래도 이 정도면 나름 선방하고 있는 거 아니겠어."

확실히 그 말 그대로라고 여겼다.

대륙전쟁이 한창인 이 시기에도 이곳 성국만큼은 전쟁의 위협에서 한 걸음, 혹은 반걸음 정도는 물러나 있는 느낌이기 때문이었다.

"뭐… 그것도 곧 한계에 봉착할 테지만."

셰릴의 이야기처럼 대륙 전쟁은 어느 하나 피해갈 수 없는 이야기였다.

대륙 외곽이라면 모르겠으나, 칠성좌와 가까이 붙어있는 왕국이나 중앙 대륙과 인접해 있는 세력이라면, 어느 하나

할 것 없이 결국에는 그 소용돌이에 휘말릴 수밖에 없는 형태로 거칠게 돌아가고 있는 것이다.

설명을 마치는 셰릴의 머릿속으로 헤일러의 이야기가 스쳐갔다.

[결국, 소용돌이는 피할 수 없을 거야.]

그러면서 성녀, 프레이를 함께 언급하였다.

[지금의 교황은 제법 뛰어나지. 분명, 프레이 그 아이를 알아볼 걸세.]

그러며 부탁했다.

[부디, 그 아이를 지켜주게나.]

성녀로써 선택된 이상, 교황과의 만남은 필연과도 같다고 했다. 억지로 잡아두고 감춰둘 수도 있으나, 이는 결국 프레이의 운명을 비틀어버리는 것이라고도 했다.

[그 아이가 스스로 선택하고 결정할 수 있도록 도와주게.]

에던이나 레일라에게도 이야기하지 않은, 셰릴과 헤일러 두 사람만의 비밀대화였다.

'슬슬… 만남이 이뤄지고 있으려나.'

관찰을 위해 프레이가 향한 관광지는 교황이 자주 찾는 쉼터이기도 했다.

점심식사 이후에 갈라질 때, 억지로 무리를 나눈 것에서부터 시작해, 각자 방향을 나눈 것까지, 모두가 이 같은 이유가 담겨있었다.

물론, 나름의 '함정'이 존재하기는 했다.

'교황이 방에만 콕 박혀있으면….'

살짝 눈살을 찌푸리던 셰릴이 이내 고개를 휘휘 저으며 시선을 옆으로 돌렸다.

'일단은 즐겨야지!'

팔짱으로 인한 강한 압박에 헤벌레한 에던의 얼굴이 보였다.

"하학… 헤에…."

왠지 불편한 숨소리가 저 한편에서 들려왔지만, 오랜 여정 덕분에 무시하는 건 어렵지 않았다.

❖ ✦ ❖

대다수 왕국의 국왕들은 그 정점에 오르는 시기가 중장년층으로써, 대개 사람의 일생에서 가장 기운이 왕성하고 활동이 활발한 서른에서 마흔 안팎의 나이에 일국의 주인이 되고는 했다.

적잖은 경험과 함께 청춘의 열기까지 함께 아우를 수 있는 시기이기에, 그 시점을 두고 세대교체가 이뤄지는 왕국의 경우가 많은 것이다.

하지만 성국만큼은 이러한 흐름에서 한 걸음 이상 물러나 있었다.

대개 국왕이란 이미지가 강직하고 굳건한 느낌을 풍긴

다고 한다면, 성국의 교황은 마치 옆집 할아버지와 같은 털털한 느낌의 노년의 분위기가 짙었다.

과거에는 그들 역시도 강직한 공기로 그득하던 시기가 있었으나, 전쟁이나 치열함에서 한 발 물러난 이미지를 고수하기 위함이었던지, 어느 순간을 기점으로 그 같은 흐름으로 넘어들더니, 고스란히 이를 유지하며 지금에 이르게 된 것이다.

그 때문일까?

어지간한 경우가 아니고서는 성국의 정점에 오르는 건, 빨라도 50대 중반이며 기본적으로 60대가 넘어가는 시점으로써, 타국의 정점들이 은퇴를 고려하는 시기와 맞물리고는 했다.

그리고 이 같은 분위기 때문일까?

이곳 성국에는 유난스러울 정도로 많은 노년층이 방문을 하고는 했는데, 거기에는 귀족이나 평민 할 것이 없었고, 직업의 구분 역시도 존재하지 않았다.

황혼에 접어드는 시기까지 최선을 다해서 신의 뜻을 전파한다는 모습으로 비춰지면서, 오래도록 그들 황혼세대를 감동시킨 까닭이었다.

이것은 전통의 한 흐름처럼 새겨졌고, 마지막을 바라보는 시기가 오면, 마치 약속처럼 성국에 발길을 하는 노년층의 흐름이 생겨나게 된 것이다.

비록 평민이라 할지라도 인생 마지막 순간에, 한 차례

성국 그리고 성지로의 여행 정도는 바라게 되는 것이다.

오히려 마지막이 다가오기에 신의 품을 더욱 찾아드는 이들도 있을 터였다.

이 같은 흐름의 영향일까?

성국을 둘러보면 생각보다 많은 노년층을 살필 수 있었다.

'덕분에… 이렇게 쉴 수도 있는 거지.'

백발이 성성하고 주름이 그득하여, 당장이라도 허리가 휘청거릴 것 같은 노인이 그 같은 생각을 하며 주변을 돌아봤다.

[교황 프란트 라크라인!]

노인은 무려 이곳 성국의 정점에 서 있는 존재였다.

과도한 업무로 인해 뒷목이 뻐근해지거나 골머리가 아플 때면, 이처럼 성국의 관광객들 속으로 파고들어, 한 줌 여유를 즐기고는 했는데, 이 모든 것들이 오랜 시간 성국이 쌓아온 황혼의 흐름 덕분이라고 여겼다.

그 역시 황혼을 살아가는 이로써, 저들 무리에 끼어있는 것만큼 완벽한 위장이 없는 까닭이었다.

프란트가 자주 찾는 장소는 '텔마의 언덕'이라 불리는 성국 동쪽 지대의 자그마한 둔덕이었다.

그리 높은 수준은 아니었지만, 성국의 수도에서는 가장 높은 지대로써, 과거 텔마라 불리던 한 사제가 홀로 돌을 쌓아서 자그마한 신전을 세웠다고 알려진 장소였다.

비록 그 규모가 큰 건 아니었지만, 신전으로써 갖춰야 할 최소한의 것들은 전부 지니고 있었는데, 이 장소가 유명해진 건, 이 신전이 완성되던 날에 거대한 빛의 기둥이 이곳으로 쏟아졌고, 이를 계기로 성국이 거대한 위험에서 빠져나왔던 까닭이었다.

당시에도 지금처럼 대륙적인 전쟁이 이어지고 있었다. 성녀의 탄생이 늦어지던 것까지도 같았는데, 당연하게도 성국은 전쟁을 대비하기 위한 준비로 바쁠 수밖에 없었다.

하지만 그 와중에 텔마라는 사제는 홀로 이곳에 올라, 피비린내 나는 전쟁의 끝과 사람들의 구원을 바라면서, 하루하루 돌을 쌓으며 신전을 지어 올렸던 것이다.

아무래도 당시 전쟁을 준비하던 성국의 모습과는 정반대의 길을 걷는 그의 행보에 많은 이들이 눈살을 찌푸렸고, 점차적으로 그를 무시하고 괄시하는 모습으로 변질되어 갔다고 한다.

'하지만 꿋꿋이 돌을 쌓고 신전을 지었지.'

프란트는 텔마의 언덕에 세워진 신전을 바라봤다. 확실히 특별한 게 없는 평범한 신전이었다.

아니, 애초에 신전이라는 말 자체가 부끄러운 수준의 허름한 건물이었다. 최소한의 것들을 갖췄다고는 하나, 결국 엉터리라는 건 부정할 수 없는 부분이었다.

사냥꾼들이 급조로 만든 엉성한 오두막도 이보다는 나을 것이다.

하지만 그럼에도 불구하고 이 건물이 많은 이들의 사랑을 받게 된 이유는 따로 있었다.

'그는… 제대로 걷지 못하고 움직이기도 어려우며, 성력도 미미한 사제였다고 했었지.'

알려지기로는 어릴 적 머리를 크게 다쳐서, 제대로 사고하기도 어려웠다는 이야기도 있었다.

성국과 반대되는 행동 때문에 그를 무시하고 괄시했던 게 아니라, 그냥 그의 유년기 시절부터 이어져오던 행태였다는 이야기도 전해지고는 했다.

그리고 이 같은 이유로 그가 홀로 언덕을 오르고 돌을 쌓아올릴 수 있던 것일지도 몰랐다. 많은 이들의 무관심이 오히려 그의 걸음을 방해하지 않은 것이다.

사제라고 불렸다고는 하는데, 실제로는 그냥 성국의 잡일을 처리하는 '일꾼'이었다는 소리도 있었다.

이곳의 업적으로 인해, 비밀리에 그 신분을 신관으로 올린 것이라는 것이다.

물론, 성국의 부끄러운 부분이기에, 이러한 사실을 최대한 숨기고 감춰놓았지만, 아무래도 성국의 교황인 프란트는 진실을 모를 수가 없었다.

'확실히… 이런 점이 좋기는 하지.'

오랜 성국의 역사 속에서 불분명하던 옛 이야기나 전설들을 좀 더 확실하게, 진실에 가깝도록 확인할 수 있다는 것, 그 같은 부분이 교황 자리에 앉기를 참 잘했다고 여기는 점이기도 했다.

잠시 텔마의 언덕을 바라봤다.

좀 더 정확히는 그곳에 세워진 신전이었지만, 이곳을 굳이 '언덕'이라 표현하는 건, 역시나 저 허름하고 허술한 신전에 대한 반항의 심정일 터였다.

당시의 인물들이 무시하고 괄시하던 텔마가 성자로 칭송받게 된 계기가 바로 저 신전인 까닭이었다.

때문에 신전이 아니라, 이곳 언덕 자체를 하나의 무대로 언급하며, 최대한 그의 업적을 깎아내리려 한 것이다.

[신의 언덕!]

수많은 신관들 중 가장 낮은 곳을 살아가던 이에게 신의 은총이 내려왔음에, 경배하면서도 한편으로는 질투심을 가지고 있는 이들도 적지 않았던 것이다.

최초에는 '텔마'의 존재를 감추며 이 같은 이름으로 불리기도 했었다. 하지만 워낙 크고 거대한 진실을 결국 감추기 어려웠음에, 텔마의 존재는 결국 거론될 수밖에 없었고, 세대가 넘어갈 무렵에는 더 이상 신의 언덕이라고 불리지 않았다.

텔마의 언덕이라 부르는 이들이 많아진 까닭이었다.

과거, 성녀의 존재가 없음에도 불구하고 전란의 위협을 무사히 버텨냈던 역사적인 사건이기에, 오래도록 거론되며 이렇게 오랜 시간을 성국의 주요지로써 자리매김해 온 것일 터였다.

그리고 이 같은 이유로 인해, 프란트 역시 이곳을 자주 찾는 것이기도 했다.

성녀라는 존재에 기댈 수 없음에, 과거 역사의 한 페이지를 떠올리며, 이곳 텔마의 언덕을 찾아 다시 한 번 쏟아질 빛의 은총을 바라고 또 기도하게 되는 것이다.

워낙 유명한 관광지인 만큼, 언제나 사람들의 발길이 끊이지 않는 장소였지만, 최근 들어서는 더욱 이곳의 인구밀도가 높다는 생각이 들었다.

전쟁으로 인해 먼 길을 떠나기가 어렵고, 자연히 성국을 찾는 이들도 줄었건만, 이곳 텔마의 언덕만큼은 사람들의 발길이 쉴 틈이 없었다.

'역시… 전쟁 때문이겠지.'

이곳을 찾는 이들은 누구나 텔마의 언덕에 내려졌던 기적을 알고 있었다.

프라트와 마찬가지로 저들 역시도 바라고 기원하는 것이다.

'부디, 전쟁이 끝나기를….'

그들과 마찬가지의 바람을 품은 채, 그렇게 프란트는 양손을 모으며 텔마의 신전으로 걸어갔다.

❖ ✟ ❖

신기한 일이었다.

[도착하면 다 알게 될 거야.]

생각해보면 말도 안 되는 소리라는 걸 알면서도, 오로지 '그'와 함께하고 싶다는 마음에 대충 넘기고 받아들였던 이야기였다.

하지만 그 말 그대로라고 해야 할까?

'정말… 알게 되네. 하!'

프레이는 결국 탄성을 내지르고야 말았다.

앞서, 검술원에서 헤일러는 그녀를 '안내역'으로써 여정에 끼워 넣었다.

그러면서 직접 성국 내부의 배치나 명소 같은 걸 설명해주고는 했는데, 냉정하게 생각해 봤을 때, 그 설명이라는 건 결국 '대충'이라는 말이 아깝지 않을 정도로 허술하기 짝이 없었다.

하지만 그럼에도 불구하고 그와 함께하기 위해 과감히 여정을 따라나섰다. 때문에 막상 이곳 성국에 도착했을 때는 적잖게 걱정하는 마음이 앞설 수밖에 없었다.

안내역이라는 역할을 제대로 수행할 수 없을 거란 불안함 때문이었다.

하지만 이게 웬일?

'…알 것 같아.'

처음 와 보는 길임에도 불구하고 마치 이미 와 봤던 길처럼 능숙하게 방향을 잡고 걸어갈 수 있었다.

어디로 가야겠다는 생각을 하는 순간, 그곳으로 이르는 무수히 많은 길들이 머릿속에 펼쳐지는 것이다.

마치 성국의 지도 그 자체가 머리에 들어온 느낌이었다.
더욱 놀라운 건, 그 장소에 대한 역사였다.

별도로 전문가가 옆에서 이야기를 해 주기라도 하는 것
처럼, 각 거리나 명소와 관련된 옛 과거의 흔적들이 머릿속
으로 스며드는 것이다.

상세한 내용까지는 아니었지만, 대략적인 역사의 흐름이
그려지고 있었다.

'이런… 거였나?'

헤일러의 이야기가 대번에 이해되는 순간이었다.

'이건, 역시… 내가 성녀라서 그런 걸까?'

찬찬히 주변을 돌아보던 프레이가 문득 눈을 동그랗게
뜨며 한 방향으로 걸음을 옮겨갔다.

오랜 역사 때문일까?

성국에는 무수히 많은 과거의 흔적들이 곳곳에 세워져
있었다. 때문에 이곳을 돌아보는 내내 눈가의 흥겨움이 날
아갈 틈이 없었다.

그런 의미에서 그녀의 눈에 띈 장소 그리고 건물을 실로
평범, 아니 볼품없는 수준이었다.

하지만 오히려 그 같은 이유로 인해 눈이 갔고 신경이 쓰
였다. 때문에 저도 모르게 발길이 향한 것일지도 몰랐다.

역시나라고 해야 할까?

마치 당연하다는 듯, 그곳 그 장소의 명칭이 머릿속으로
떠올랐다.

"텔마의… 언덕?"

그와 동시에 머릿속으로 떠오르는 이미지가 있었다.

"아….."

감동이라고 해야 할까?

그 갑작스런 영상 속에서 한 사내의 간절한 염원이 하늘에 닿는 순간을 목격할 수 있었다.

주르륵…

저도 모르게 흘러내리는 눈물이 볼을 적시고 하나 둘 땅바닥으로 흘러내리기 시작했다.

자그마한, 그리고 허술한, 하지만 간절한 의미가 깃든 신전을 향해 걸음을 옮겼다.

머릿속에 떠오르는 신전의 형상은 이보다 더욱 엉성하며 볼품없었다. 하지만 실제 눈에 담기는 건, 그보다는 나은 형태였다.

짐작컨대 성국이 자체적으로 보수를 하며 변화를 준 것으로 여겨졌다.

단지, 그럼에도 불구하고 볼품이 없는 건, 애초에 그 첫 형태가 워낙 엉망이었기 때문이리라.

그야말로 엉터리 같은 건물이었다.

하지만 막상 그 신전을 눈앞에 두고 있자니, 눈물이 샘솟듯 흘러넘치기 시작했다.

"허….."

문득, 곁에서 나직한 탄식과 함께 시야 한편으로 내밀어지는 손길이 있었다.

그 안에 잡혀있는 자그마한 천 조각이 보였다.

"이거라도 쓰시게."

손길의 주인을 바라보니, 백발과 주름이 그득한 노인이 서 있었다. 그녀의 멈출 줄 모르는 눈물에 걱정스런 마음에 손수건을 내민 것이다.

"감사…합니다."

역동하는 감정의 격류를 통제하기 어려웠음에, 자연히 그 목소리에 떨림이 묻어나왔다.

그렇게 떨리는 음성과 흔들리는 손길로 손수건을 받아드는 순간이었다.

"아…."

"흠…."

프레이와 노인이 마치 약속이나 한 듯, 서로를 향해 시선을 던져 보냈다. 떨림 속에서 스치듯 맞닿은 손길을 통해, 그들 두 사람은 서로의 정보를 일부나마 읽어낸 것이다.

'…거대한 성력!'

시선이 교차하는 순간, 그들은 마치 빛을 정면으로 마주한 것 같은 착각에 빠져야만 했다.

교황 그리고 성녀!

그들의 만남이 성사되는 순간이었다.

내심 궁금한 마음이 있기는 했다.

[도착하면 다 알게 될 거야.]

스스로 그 같이 이야기를 건넸지만, 상당부분 추측에 근거를 두고 있던 만큼, 확신까지는 없던 까닭이었다.

대법관!

몽크들을 이끄는 입장에서, 성국 내에서도 가장 중요한 정보들을 열람할 수 있는 권한이 있었다.

비록, 그것이 수도사들의 역사와 관련된 것뿐이라고 할지언정, 거기에는 분명 성국의 세월도 함께 담겨있었고, 덕분에 성녀의 이야기도 상당부분 자세히 적혀있었다.

'뭐… 외부의 생활 이후로는 성국에 기록된 내용들이 거의 없지만.'

어찌되었건 이를 토대로 생각했고, 거기에 더해 가까이에서 지켜본 에던의 모습과 그의 이야기를 기반으로 상상력을 덧붙였다.

그렇게 하나의 가설이 완성되었다.

'사자검….'

헤일러는 에던의 옆구리를 지키는 마신의 신물을 떠올렸다.

'꿈을 꾼다고 했었지.'

그것을 통해서 에던은 심판자의 과거를 기억한다고도

이야기했다. 동시에 검의 사용법을 조금씩 이해한다고도
했었다.

'…성국은 성녀에게 사자검과 같을 테지.'

오랜 옛 문헌에서 읽은 바 있었다.

성녀는 성국에 들어와 짧은 시간 만에 적응하더니, 마치
제 집 안방처럼 생활하고는 했다는 형식의 이야기였는데,
이는 신의 가르침 혹은 보살핌이란 식으로 대부분의 이야
기가 마무리를 짓고는 했다.

어째서인지 사자검의 이야기를 들을 때, 이미 그 부분에
대한 내용이 떠오르고 있었다.

그렇게 하나둘 내용의 아귀를 맞춰가다, 결국 하나의 결
론을 내리고야 말았다.

[프레이는 성국으로 가야한다.]

현 상황 자체로 생각해 본다면, 성국 역시도 성녀가 필요
하지만, 결정적으로 성녀 역시도 성국이 필요하다 여겼다.

물론, 스스로 벽을 넘어선 프레이의 위치를 생각해 본다
면, 굳이 성국을 필요로 하지 않아도 될 거라 여겼다.

하지만 그렇기 때문에 성국으로 보낸 것이기도 했다.

'적어도 선택할 기회는 줘야하지 않겠어.'

벽을 넘은 위치에 있기 때문에, 주변 상황에 흔들릴 이유
도 없을 터였다.

거기까지 생각하던 헤일러가 이내 뒷머리를 벅벅 긁었
다.

"이러나 저러나 해도, 결국 성국이 걱정되는 건가."

헤일러는 쓰게 웃으며 고개를 저어버렸다.

[성국 그리고 몽크!]

그 둘에 대해 세상에 잘못 알려진 진실이 하나 있었다.

'성국에서 쫓겨난 것이 아니지.'

몽크의 일원이 성국의 파벌다툼에 밀려 결국 바깥으로 내밀렸다는 식의 이야기가 세상에는 전해진다.

'그건… 거짓이니까.'

실제의 이야기는 조금 달랐다.

과거, 성국에 몽크가 함께하던 시절, 당시의 성국은 실로 강대한 전력을 지니고 있었다.

'뭐… 파벌싸움이 전혀 없는 건 아니었지만.'

아무래도 성기사와 몽크 두 세력의 어깨다툼은 어쩔 수가 없었다. 각기 다른 방식으로 성국의 전력을 유지하는 단체이다 보니, 어쩔 수 없는 흐름이었다.

하지만 대립보다는 화합을 중시하려 했던 건 사실이었다. 그 때문인지 분명 성국의 주변국들이 무시할 수 없을 정도로 강성했었다.

그리고 바로 이 부분이 문제가 됐다.

'주변국을 경계하게 만든 거지.'

애초에 성국의 오랜 역사와 그렇게 쌓인 공부로 인해, 그들을 경계하는 이들이 적지 않았다.

헌데, 그 전력마저 무시할 수가 없다?

점차적으로 마찰이 일어나기 시작했고, 전장의 공기가 성국 주변을 뒤덮으면서, 저릿한 긴장감이 내부를 휘감았다.

성녀의 탄생은 기대하기가 어려운 시기였다.

이전 성녀가 신의 품으로 들어선지 몇 해 지나지 않았던 까닭이었다. 그녀의 존재가 그들 성국의 전력이 강성할 수 있었던 결정적 요소이기도 했다.

적어도 한 세대 이전에는 성녀의 탄생을 기대하기 어렵다는 이유로 성국 수뇌부는 난리가 났다.

'결국… 선택을 할 수밖에 없었지.'

주변의 왕국들의 열기를 식힐만한 강렬한 뭔가가 필요했다. 그들을 즐기게 할 수 있는 그런 사건이 필요한 것이다.

성기사와 몽크의 대립!

그리고 이어진 파국!

이미 그 두 집단의 어깨다툼은 유명했던 까닭에, 이를 악의적인 의미로 가득 채워 넣는 건 어렵지가 않았다.

고대로부터 고행으로 그 삶을 유지해온 수도사의 일원이다 보니, 몽크의 수는 언제나 일정 수준을 넘어서기가 어려웠다.

때문에 그들 몽크가 바깥으로 쫓겨나는 결말을 선택하게 된 것이다.

실력자의 수에서는 고행의 결과 때문인지 몽크가 앞섰지만, 머릿수에서는 성기사가 압도적으로 우위에 있던 까닭이었다.

고행을 마다않는 몽크들의 생활 방식 때문이라고 해야 할까?

외부로 쫓겨나다시피 했음에도 불구하고, 그들을 각자 알아서들 잘 생활해 나갔다.

'뭐… 세월이 흐르면서 거짓도 진실이 되어버렸지만.'

하지만 오랜 시간이 흐르며 거짓에 취해버린 듯, 성국은 점차적으로 그들을 배척하기 시작했고, 지금에 이르러서는 그 존재마저 지워져 있었고, 정문의 통과마저도 허락하지 않는 지경에 이른 것이다.

결국, 진실을 아는 건 극히 소수의 몇몇 뿐이었는데, 몽크의 대법관은 그 소수의 일원이라 할 수 있었다.

그런 의미에서 또 한 사람, 소수의 일원이 떠올랐다.

'교황….'

하지만 서로 이렇다 할 친분을 나누는 건 아니었다. 그저 '진실'을 알고 있다는 정도일 뿐인 것이다.

여하튼 이런 이유 때문일까?

아무래도 다른 몽크들에 비해, 성국에 좀 더 긍정적인 생각을 지니고 있는 것 역시도 분명한 사실이었다.

애초에 그들 몽크들이 성국에 부정적인 생각을 지닌 게 아니기도 했다.

'아예 생각 자체가 없지.'

그저 남남처럼 여기는 정도랄까?

"하아… 역시, 대법관 같은 건 하는 게 아니었어."

덕분에 불필요한 진실까지 알게 되었고, 이처럼 골치 아픈 상황까지 치닫지 않았는가.

연신 머리를 벅벅 긁어대던 헤일러가 가만히 눈을 감았다. 성국의 모습이 그의 머릿속으로 펼쳐졌다.

혹시나 하는 마음에 나름대로 기억하고 있던 것들에 대해서는 알려준다고 알려줬지만, 생각해보면 워낙 오래전 기억인데다가 그 역시도 정문을 통과했던 게 아닌 만큼, 머릿속의 지도는 너무도 허술하고 엉성했다.

하지만 그 안에서도 단 한 장소만큼은 선명하게 그려졌다.

'텔마…'

전설적인 '성인'이 세운 신전이었다.

성국 내에서 가장 못난 건물이건만, 너무도 기억에 남는 장소였다.

마치, 지금도 여전히 그곳에는 신의 가호가 깃들어 있는 것 같다고나 할까?

셰릴에게 그가 직접 추천했던 장소이기도 했다.

'좋은 만남이 돼야 할 텐데.'

한 차례 쓰게 웃어버린 그가 고개를 휘휘 저으며, 그 같은 생각들을 털어 보냈다.

'거기서부터는 내가 어쩔 수 없는 거니까.'

스치듯 떠오르는 현 교황의 모습에, 잠시나마 입 꼬리가 부드러워 질 수는 있었다.

첫 만남과 동시에 서로를 알아봤다.

[강대한 성력!]

그것 하나만으로도 이미 충분했다.

'교황…!'

'…성녀!'

서로의 눈빛을 마주했을 때, 그들은 한 차례의 거대한 빛을 정면으로 응시하는 것 같다는 착각마저 들었다.

각기 차이가 있다면, 달빛과 태양빛 정도의 차이라고 할 수 있을 것이다.

하지만 둘 모두 충분히 밝고 찬란했다.

긴 침묵의 끝에서 먼저 말문을 연 것은 교황 프란트였다.

"일단… 자리를 좀 옮길까요?"

어느새 멈춰버린 눈물의 잔재를 건네받은 손수건으로 닦아낸 프레이가 고개를 끄덕였다.

멀리 움직인 건 아니었다.

텔마의 언덕은 성국 내에서도 손에 꼽히는 명소이다 보니, 그곳을 찾는 관광객들이 적지 않았다.

때문에 그 주변에는 이런저런 쉼터들이 여럿 자리해 있었는데, 당연하게도 텔마의 언덕이 지닌 고유의 분위기는 방해하지 않도록, 적정거리는 유지하고 있었다.

그러한 쉼터들 중 하나를 골랐다.

"이곳에서 파는 플로티는 향이 일품이지."

프란트는 그 말과 함께 프레이의 것도 함께 주문했다. 어차피 차에 대해서는 그리 아는 게 없는 까닭에, 프레이는 그의 주문을 막지 않았다.

쉼터의 구조 대부분이 신전을 한 눈에 볼 수 있도록 마련되어 있는 만큼, 차를 기다리며 잠시간 텔마의 신전으로 시선을 고정시키고 있었다.

아직 할 말을 정리하지 못한 까닭도 있었다.

그렇게 또 한 차례 기나긴 침묵의 시간이 흘러갔고, 이는 종업원이 차를 가져 올 때까지 이어졌다.

"달아!"

한 모금 플로티를 입에 머금은 프레이가 눈을 동그랗게 뜨며 잔을 내려다봤다.

어찌나 맛이 좋았던지 한숨에 들이켜 버린 까닭에, 어느새 잔이 비어있었다. 프란트가 빙긋이 웃으며 잔을 채워줬다.

'다행이군.'

한 눈에 프레이의 입맛이 쓰디쓴 기존의 찻잎과는 안 맞을 거라 여겼기에, 유난히 단맛이 일품이 플로티를 주문한 것이었는데, 그 같은 예상이 제대로 들어맞은 모양이었다.

덕분에 왠지 딱딱하던 분위기가 한결 풀어지는 것 같았다.

'향도 일품이니까.'

게다가 애초에 프란트 역시 이 단맛이 매력인 플로티를 즐겨 마시지 않던가.

매번 텔마의 언덕에 방문 할 때면, 항시 이 플로티를 마시고 들어가는 것, 그게 그가 어지러운 정세 속에서 보낼 수 있는 유일한 여유였다.

조금은 포근해진 그 공기 속에서, 프란트가 어렵사리 이야기를 꺼내들었다.

"사실… 자네와 만나는 걸 오래전부터 기다려왔다네."

좀 더 정확히는 프레이가 아니라 '성녀'를 의미하는 것이었다.

"하지만… 설마, 이렇게 멋지게 성장한 모습으로 내 앞에 나타나게 될 줄이야. 허헛!"

생각해보면 그랬다.

오랜 고대로부터 성녀라 불리던 이들 대부분이 어린 시절부터 성국에 들어, 그들의 공부를 받아들이며 성녀로써 바르게 성장하고는 했던 것이다.

간혹, 이 같은 경우에서 벗어날 때도 있었지만, 그런 경우는 그 오랜 역사 속에서도 한 손에 꼽힐 정도라 전해졌다.

'게다가 설마, 이 정도로 훌륭하게 성장하다니.'

프란트는 한 눈에 프레이가 그 특이한 경우보다도 더욱 특별하다고 여겼다.

비록, 별다른 무력을 지닌 건 아니지만, 성국의 교황이라는 위치에 오르며, 그 나름의 '벽'을 넘어섰기에 알 수 있었다.

'별빛을 품은 성녀라니. 허헛….'

감탄이 절로 나왔다.

"저는 생각한 적이 없네요."

그 순간 날아든 프레이의 한마디가 비수처럼 가슴을 찔렀다.

"허… 그렇군."

느낌이라고 해야 할까?

그는 한 눈에 프레이의 삶이 평탄치만은 않았을 거란 짐작을 할 수 있었다.

'애초에 별의 영역이라는 건, 그렇게 쉬이 오를 수 있는 게 아니니까.'

저 젊은 나이에 저와 같은 경지를 이룩하기 위해, 어떠한 고행과 시련을 겪어왔을지, 감히 상상하기도 어려울 거라 여겨졌다.

"그러니 제게 성녀로써의 역할을 기대하지는 마세요. 게다가 알려나 모르겠지만, 제 본업은 '용병'입니다. 사람을 잡는 게 본업인데 성녀라니. 전혀 안 어울리잖아요."

연달아서 날아드는 비수가 쉴 틈 없이 통증을 유발했다.

'끄응… 이거야 원, 제대로 이야기를 꺼낼 틈도 안 주는군.'

때문에 생각지도 못한 이야기를 뱉어내고야 말았다.

"얼마면 되나?"

"……?"

"본업이 용병이라고 하지 않았나. 그러니 의뢰를 하는 걸세."

당연하게도 의뢰 내용은 성녀의 '연기' 였다.

❖ ✛ ❖

오랜 시간 공을 들여왔다.

빛으로 가득한 공간이었기에, 결코 그 기간은 짧지 않았다. 하지만 결국 노동은 대가를 얻어냈고, 공간은 어둠을 허락했다.

애초에 세상의 '밖' 이 아니라 '안' 쪽이기도 했고, 게다가 장소 자체가 일말의 어둠 정도는 깔려있었기에 가능한 일이기도 했다.

그 때문일까?

모를 수가 없었다.

'불쾌감…'

머리 위, 바깥세상의 공기가 변한 걸 깨달았다. 어깨가 미묘하게 무거워진 느낌이 전해져왔다.

특히나 새로이 변화한 육신과 하루하루 깨어나는 감각 덕분에, 더욱 그 변화가 생생하게 전해지고 있었다.

'이건… 성국의 성력이 한층 진해졌군.'

단번에 알아챘다.

'…누구냐?'

그리고 이어지는 의문이 새로운 정답을 찾아 맴돌았다.

'으음… 이 정도로 진한 변화라니.'

긴 세월 성국의 내부를 조금씩 오염시켜왔다. 이를 통해서 성국 지하, 그의 터전인 '왕의 무덤'을 어둠의 영역으로 확고히 굳혀왔다.

하지만 결국 성국의 일부이기에, 지상의 변화는 그 영향력이 지하에까지 미칠 수밖에 없었다.

'누구냐?'

유령왕의 머릿속이 바쁘게 돌아갔다.

지금 이 순간에도 조금씩 왕의 무덤을 향해 밀려드는 빛의 기운이 진해지고 있었다.

적어도 백년여의 노력과 노동 정도는 한 번에 짓밟아버릴 정도의 기운이었다. 오래지 않아 그 답에 도달할 수 있었다.

과거에도 이 같은 변화를 몇 차례 겪어왔던 까닭이었다.

'성녀… 인가?'

그 끝에 의문이 맴도는 이유라면 빛의 기운이 너무도 진한 까닭이었다.

너무 급격한 변화였기 때문이었다.

'이건, 마치….'

성장의 막바지에 이른 성녀가 성국에 발을 들인 것 같았다. 조금씩 스며들 듯 변화하던 과거의 기억과 달리, 지금이 변화는 너무도 격한 수준이었다.

간혹 장성하여 스스로 어느 정도 각성을 했던 성녀들도 있었다는 기록을 훔쳐보기는 했다.

하지만 안타깝게도 그가 머물던 와중에는 겪은 바가 없었다.

무려, 오백년의 세월을 이곳에서 보내왔으나, 성녀의 탄생은 그 긴 시간 속에서도 한 손에 꼽힐 정도였기에, 스스로 각성한 성녀라는 건, 그 역시도 옛 문헌 정도로만 접한 게 전부였다.

"쯧! 귀찮게 됐군."

아무래도 그의 공간을 엄습해 들어오는 빛의 기운이 달갑지 않았고, 밀려드는 불쾌감에 기분 역시도 급격히 나빠지고 있었다.

그렇잖아도 아드레안에서 발생했던 '사건'으로 인해, 하루하루 불쾌감이 쌓여가고 있건만, 거기에 직접적으로 머리 위를 짓누르는 감각은 은연중에 그의 속을 긁어내는 느낌마저 줬다.

까드득…

맞물리는 이빨 사이로 격한 비명성이 새나왔다.

❖ ✛ ❖


　성국의 가장 큰 볼거리는 어둠이 내려앉을 때 시작된다
는 이야기가 있다.

　"과연…."

　그 말이 틀리지 않다고 여겼다.

　"멋지군!"

　절로 감탄성이 나올 만큼 성국의 밤거리는 멋스러웠다.
오랜 역사 속에서 겹겹이 쌓여온 성력의 영향일까?

　건물 외벽으로 은은히 비치는 빛의 잔향이 그야말로 아
름다운 풍경을 그려내며 성국의 밤거리를 밝히고 있었다.

　그뿐만이 아니었다.

　마치 밤하늘을 수놓는 은하수마냥, 성국의 하늘 위 상공
을 춤추듯 유영하는 은은한 빛 무리들 역시도 눈을 호강시
켜줬다.

　이 역시도 성력의 잔재로써, 마치 저 멀리 북 대륙에서나
마주할 수 있다는 '오로라'를 연상시키는 그런 황홀함이
가득 넘쳐흘렀다.

　성국의 밤거리를 눈에 담지 않고서, 밤의 축제를 논하지
말라는 말이 있었는데, 과연 그 말이 아깝지가 않았다.

　물론, 마법사들이 제조한 마도구를 통해 밤거리를 밝
히는 불빛에 비한다면야, 그 밝기가 부족한 건 사실이었
다.

성력의 잔재가 쌓여 은은하게 빛을 발하는 것과 달리, 강제적으로 마나를 일으켜 세상을 밝히는 마도구였다. 분명하고 선명할 정도의 차이가 있었다.

하지만 그럼에도 불구하고 오랜 역사를 통해, 세월이 쌓아올린 은은한 불빛은 화려함을 압도하는 잔잔한 감동이 있었다.

"과연⋯."

연신 터져 나오는 감탄사로 입술을 넉넉히 적신 에던이 성국의 밤거리로 향하던 시선을 돌려, 일행들을 주욱 돌아봤다.

"그런데 프레이는?"

약속된 시간이 되었건만, 여전히 합류하지 않고 있는 프레이의 존재에 의문이 들 수밖에 없었다.

하지만 누구 하나 이렇다 할 대답을 내어 줄 수가 없었다. 그도 그럴게 프레이와 레일라의 경우에는 개별적으로 움직였던 만큼, 그녀의 동선만 짐작할 뿐 그녀의 명확한 행적을 짚어내는 건 무리가 있었다.

꼬르르륵⋯

문득, 들려온 우렁찬 울림이 일행들의 시선을 끌어 모았다.

"헤헤⋯ 쿨쩍!"

시선의 중심에 선 라브론이 히쭉 웃으며 열심히 코를 삼켰다.

"와…."

다시금 감탄사의 향연이 이어졌다.

특히, 에던의 것이 가장 크고 길었는데, 조금 전까지 군 것질로 쉴 틈 없이 입을 놀리던 아이의 모습을 기억하는 까닭이었다.

그와 동시에 급격히 쪼그라들어버린 주머니의 사정 역시도 떠올랐다. 슬슬 셰릴에게 손을 벌려야 할 지경이었다.

별도로 의뢰라도 하나 받아야 하는 건 아닐까 싶을 정도로, 아이의 먹성은 좋았고, 그의 사정은 나빴다.

"그렇게 먹고도… 부족하냐?"

"헤헤! 아직 성장기니까요."

이제 겨우 1살이라는 걸 생각한다면, 그저 헛웃음만 나올 뿐이었다.

"한… 3~4년은 멈춰있어도 될 것 같은데."

확실히 나이에 비한다면 그 외형은 충분히 과한성장이었다. 물론, 세계수의 품에서 보낸 시간도 생각해야 하겠지만, 이 부분은 이치에서 한 걸음 물러난 영역이기에, 일단제외대상이었다.

"달링을 위해서라도 무럭무럭 자라야죠. 헤헤!"

라브론의 이야기에 에던의 이마위로 옅은 힘줄이 돋았다. 아이가 말하는 '달링' 이 갓 태어난 아기, 조카 세라를 뜻하는 것임을 잘 아는 까닭이었다.

'이걸 쳐, 말어?'

잠시간 주먹을 말아 쥐고 부르르 떨던 에던이 이내 나직한 한숨과 함께 열기를 가라앉혔다.

"너무 늦는 거 아니야?"

에던은 그 말과 함께 셰릴을 바라봤다. 이번 성국의 일정 상당부분을 그녀에게 의존하고 있는 까닭이었다.

기본적으로 정보단체의 수장이라는 이유로 인해, 여정 중에도 그녀에게 이래저래 맡기는 부분이 컸던 만큼, 크게 특별한 건 아니었다.

이곳 성국 내에서 숙소를 잡고 관찰 경로를 나누는 것 역시도 그녀가 중심이 되었다는 걸 생각해 본다면, 그녀에게로 시선이 가는 건 어찌 보면 당연한 수순이었다.

게다가 왠지 모를 느낌이라고 해야 할까?

분명, 셰릴이라면 정확한 정보를 알고 있을 것 같다는 생각이 들었다. 그녀가 정보단체의 수장이란 이유도 있지만, 그보다는 앞서 점심을 먹고 난 뒤, 굳이 일행을 쪼개려 하던 모습에서 미묘하게 의문을 느꼈던 까닭이었다.

그와 팀을 이루기 위한 욕심으로 보였지만, 왠지 그건 위장이고 실질적인 이유가 따로 있을지도 모른다는 작은 의심이 들었던 것이다.

"알고 있지?"

때문에 이처럼 진득한 시선과 함께 한 마디 물음을 던질 수밖에 없었다.

찰나의 순간, 셰릴은 한 차례 갈등의 빛을 내비쳤다.

그야말로 눈 깜빡 하기에도 부족한 시간이었지만, 에던의 감각은 그걸 잡아냈고, 셰릴 본인도 그 같은 부분을 직감적으로 느끼며 실수를 깨달았다.

"쯧!"

나직하니 혀를 차는 그녀의 반응에 에던이 작게 고개를 끄덕였다.

서로가 생각하고 느끼는 바를 감각적으로 짚어냈기에, 저 한 번의 반응을 통해 의심이 정확했다는 걸 깨달은 까닭이었다.

"미리 말하는데, 이건 전부 헤일러 영감님이 꾸미신 일이야."

그리고 이어진 내용들이 실로 놀라웠다.

"으음… 교황과의 만남을 계획했단 말이지."

에던이 눈살을 찌푸리며 셰릴의 이야기를 짧게 정리했다.

"이 시간까지 안 돌아온다는 건…."

거기에서 한 차례 말을 끊은 에던이 주변을 쭈욱 돌아봤다. 여전히 프레이의 모습은 보이질 않았다. 그의 감각에도 그녀의 흔적은 없었다.

성국 내부로 들어온 뒤 감각권에 잡음이 일부 섞였다지만, 그래도 엉망이 된 건 아니었다.

"…만났다는 뜻이겠네."

헤일러가 의도하고 셰릴이 세운 계획대로 상황이 돌아간

다는 걸 직감적으로 알 수 있었다.

"흠… 아무래도 오늘은 안 오려나."

거기에 반응하듯 라브론이 대답했다.

꼬르르륵…

우렁찬 그 울음성에 에던이 쓰게 웃으며 식당을 향해 앞장섰다.

일단, 시간이 시간인 만큼, 이 굶주림을 먼저 해결해야 할 듯싶었다. 그렇게 자리를 잡고 식사가 시작 되었다.

그리고,

예상했던 것처럼, 그날 프레이는 복귀하지 않았다.

❖ ✝ ❖

젊은 시절,

아직은 '교황'이라 불리기 이전, 한 차례 마주한 적이 있었다.

"악마를 봤지."

그건 실로 거대한 악의였다.

"덕분에 깨달을 수 있었다네."

진정으로 빛의 축복을 받았던 건, 그 당시의 경험 덕분이었다. 그리고 이를 통해서 가슴 속 깊은 곳의 빛을 일깨웠고, 그 빛을 온전히 키워 지금은 교황이라 불리는 자리에 앉게 되었다.

"재미있는 건, 악마에게는 신이 깃들어 있었지."

이어진 내용이 실로 흥미로웠다.

"그는 스스로를 '헤일러'라고 하더군."

두 눈이 번쩍 뜨였다.

[얼마면 되나?]

실로 황당하게도 의뢰를 하겠다는 내용과 그 비용 역시도 흥미로웠지만, 교황 프란트의 경험담이 더욱 관심을 끌었고, 그 때문에 결국 그를 따라서 성국의 내부로 걸음을 해 버렸다.

'설마, 스승님이 언급될 줄이야.'

생각지도 못한 순간에 튀어나온 이름은 그 정도의 집중도가 있었다.

"의뢰비는 아주 두둑하게 줘야 할 겁니다."

물론, 챙길 건 확실히 챙겨야 하는 만큼, 이 정도는 기본적으로 이야기 놓은 상태였다.

그렇게 성국 내부로 들어섰지만, 굳이 그녀의 정체를 밝힌 건 아니었다. 애초에 그녀가 성국 내부로 들어섰다는 것 자체가 알려질 일도 없었다.

바깥으로 향하던 것처럼, 안으로 들어갈 때도 '비밀통로'를 이용했기 때문이었다.

게다가 약간의 변장을 더해놓은 덕분에, 혹여 들킬때의 경우도 대비해 놓은 상태였다.

대뜸 성녀라며 발표하고 모습을 드러내는 건 여러모로

좋지 않다는 판단도 있었지만, 아직 프레이가 의뢰를 온전히 받아들이기도 한 게 아닌 이유도 컸다.

"일단, 이야기나 좀 들어보죠."

좀 더 정확히는 헤일러와의 관계에 대한 내용을 듣기 위해, 과감히 성국 내부로 걸음을 한 것이다.

이런 그녀의 반응에 프란트는 한 차례 웃어버렸다. 그리고 찬찬히 이야기가 시작되었다.

"알려나 모르겠지만, 성국은 썩어있네."

허나 그녀의 호기심을 즉각 해결해 줄 생각은 없어보였다. 눈살을 찌푸리는 프레이의 모습에 프란트의 입꼬리가 슬쩍 올라갔다.

'역시…'

그녀가 우연찮게 던져진 '헤일러'라는 이름에 반응하는 걸 봤고, 그 덕분에 이곳까지 걸음을 해 줬음을 알았다.

'…그분과 인연이 있었던 건가.'

때문에 이 기회를 이용해 최대한 그녀에게 성국에 대한 이야기를 전하고 대화를 나누면서, 긍정적인 관계를 쌓아 올리고자 하는 것이다.

'젊을 때나, 지금이나…'

자연히 머릿속에 떠오르는 얼굴이 하나 있었다.

'여러모로 도움을 받습니다.'

슬쩍, 헤일러를 향해 감사의 인사를 보내는 한편, 하나의 의문을 슬그머니 꺼내보았다.

'그런데… 아직도 살아있는 건가?'

당시에도 이미 백발이 성성하고 주름이 자글하여, 오늘 내일 하는 모습을 보였던 걸 기억하고 있었기에, 어쩔 수 없이 드는 의문이었다.

❖ ❖ ❖

후비적… 후비적…

헤일러는 갑작스레 밀려드는 귀지수집의 욕구에 열정적으로 귀를 후비다가 이내 히쭉 웃었다.

제법 대어가 걸려나온 까닭이었다.

"흘…."

괜스레 보람찬 기분에 열심히 말아 튕겨주었다.

8. 프란트.

8. 프란트.

신관!

그들은 신을 받들어 모시는 이들로써, 신의 뜻에 따라서 그 가르침을 전파하고, 적절한 이적을 행하면서, 꾸준히 신적 존재의 의미를 세상에 알리는 이들이었다.

당연하게도 대다수의 신관들이 직접적으로 바깥으로 나아가 움직이는 게 기본이었다.

프란트 역시 그 같은 과정을 겪었다.

"그건… 젊은 시절이었지."

파릇파릇한 20대는 아니었지만, 아직은 청춘의 향이 짙던 갓 30대의 시기였다.

"이곳저곳 움직이면서 가르침을 전파하는 건, 대부분

20대에서 30대 무렵에 가장 활발하게 이뤄진다네."

10대의 시기에는 오히려 가르침을 받아야 하는 게 보통이었고, 40대에 오를 즈음이면 하나의 신전에 머물며, 한 지역 혹은 영지를 맡으면서, 지정된 장소에서 가르침을 전하고는 했다.

"성력이 보조를 해준다고는 해도, 역시 40대로 넘어갈 즈음이 되면, 장거리 여행은 슬슬 힘에 부치지."

그런 의미에서 30대 초반의 프란트는 아직 한참 더 세상을 떠돌아야 할 시기의 청춘이라 할 수 있었다.

물론, 그렇게 내내 떠도는 건 아니었다.

그들도 중간중간 한 장소에 머물거나 성국으로 복귀해 휴식기를 가지고는 하는데, 앞서 언급되었듯이 40대에 이르기 전에는 수시로 외부로 나가, 세상을 돌며 가르침을 전파하는 걸 맡아야만 했다.

"뭐⋯ 50대가 넘고 백발이 성성해져서도 떠도는 분들이 계시기는 하지만, 그런 분들은 극히 소수뿐이지."

거기까지 이야기하던 프란트는 히쭉 웃으며 뒷머리를 긁적였다.

저도 모르게 이야기가 샛길로 빠져버린 걸 느낀 까닭이었다. 한 차례 허옇게 웃어 보인 그가 다시금 본론으로 돌아와 이야기를 이어나갔다.

"뭐⋯ 이런 이야기를 하긴 좀 그렇지만, 당시에는 내가 참 못된 생각들을 하고 있었지."

지금이야 교황이라 불리며 모든 이들의 추앙을 받는다지만, 과거의 그는 겨우겨우 신관의 직위에 오른데다가, 그나마도 부족한 성력으로 인해, 매 순간순간 불안감에 떨어야만 했었다.

"아무래도 나 같은 신세는 위로 가려면 성력이라도 넘쳐야 하는데, 그렇지도 못했으니까. 어쩔 수 없었지."

아는 이들은 다 아는 이야기로써, 프란트는 성국이 자체적으로 거두고 키우는 시설의 고아였다.

"자네가 알지는 모르겠지만, 성국의 고위층에 앉은 이들 중에는 귀족가의 혈통을 지닌 이들이 상당하다네."

대개의 귀족들이 집안의 장남을 가문의 후계로 정하고는 하는데, 그렇게 선택받지 못한 차남이나 혹은 첩실의 아이들은 결국 바깥으로 내몰릴 수밖에 없었다.

그런 이들에게 허락된 또 다른 선택지가 있었으니, 그곳이 바로 신성왕국이었다.

그리고 이들은 각 가문의 지원을 받으며, 성국 내에서 빠르게 자신들의 입지를 다졌고, 종래에는 고위층에 오르게 되는 것이다.

"꾸준히 성수로 몸을 씻고, 기도문도 열심히 읊조리고, 거기다가 신성력을 담은 아티팩트까지 차고 지내다 보면, 쥐꼬리만한 성력이라도 어쨌든 생기니까."

그 티끌만한 성력으로 신관의 도리는 다한다고 할 수 있었다.

"사실, 그들의 역할은 사제로써의 위치가 아닌, 주변국과의 교류를 위한 목적이 더 크다네. 그 때문에 성력의 부재는 모른 척하거나 못 본 척하면서 지나가는 것이지."

그들을 성국의 고위층에 앉혀놓는 것만으로도, 주변국들은 발톱을 감추고 이빨을 숨겨주고는 했다.

고위층에 앉은 귀족가의 자재들을 통해, 주변국과 일종의 연결고리가 완성되는 까닭이었다.

그런 의미에서 대신관이라 불리는 이들 중, 몇몇은 본연의 능력이 아닌, 성국에서 제작된 아티팩트의 힘에 철저히 기대서 성력을 발현하는 이들도 적지 않았다.

"그거…."

프레이가 차마 말을 잇지 못하고는 입을 닫았다. 하지만 이어질 내용을 짐작한 듯, 프란트가 히죽 웃으며 뒷말을 받아주었다.

"그래. 사기지."

"……."

정확히 짚어낸 모양인 듯, 프레이가 슬쩍 시선을 피하는 게 보였다.

"하지만 어쩌겠나. 그렇게라도 해야 성국의 평화가 지켜지는 것을. 허헛! 이런, 또 이야기가 옆으로 새버렸군. 본론으로 돌아와서… 어쨌든 그렇게 젊은 시절에는 이래저래 머릿속에 똥만 가득 찼었지."

'똥이라니….'

실로 과감한 단어선택에 프레이의 눈가에 옅은 경련이 일었다. 그러거나 말거나 프란트의 이야기는 이어지고 있었다.

"사실, 그런 생각은 나뿐만이 아니라 그 시기를 거치는 성국의 청춘들은 대부분 하는 생각이기도 할 걸세."

아예 고생을 자처하는 '고행길'에 비한다면야 쉽다고 할 수 있겠으나, 그럼에도 불구하고 꾸준히 세상을 돌아다니며 가르침을 전파하는 일이니 만큼, 결코 쉽기만 한 건 아니었다.

오히려 어려운 일이며 힘겹기도 한 일이었다. 틈틈이 휴식기를 가진다고 해도 1년 남짓이었다. 대략 2~3년을 떠돌고 1년을 쉬어가는 게 평균인 것이다.

"한 10년 정도 그런 생활을 하다보면, 사실…좀 지치기도 하고 질리기도 하는데, 그래서인지 모르겠지만 이래저래 사제복을 벗어버릴까 하는 마음도 생기고는 했지."

그렇게 갈등 혹은 유혹 속에서 번뇌하던 시기에 '만남'이 이뤄졌다.

"그건 그러니까… 첫 번째 금지, 침묵의 숲을 지날 때였지."

헤일러는 그곳, 숲으로 향하는 길목에 서서 멀뚱히 숲을 바라보고 있었다.

당시의 일정은 숲 주변의 마을을 돌면서 가르침을 전하는 것이었는데, 워낙에 작은 마을들이 넓게 퍼져있던 까닭에,

대개 숲 주변 마을로 가르침을 전파하고자 개별적으로 움직이는 경우가 많았다.

"당시 일행을 이끌던 수위신관의 성격이 좀 지랄 같았거든. 그래서 웬 노인분이 길 한복판에, 그것도 침묵의 숲을 바라보면서 서 있는데도, 그냥 무시하고 지나쳐 버렸지."

괜히 시간을 뺏겼다가 일정에 늦기라도 하면, 수위신관에게 호되게 혼나는 까닭이었다. 특히, 혼자서 움직이던 그의 일정을 생각한다면, 자칫 늦었다가는 딴 일을 보다가 늦었다는 트집을 잡힐 수도 있었다.

홀로 움직이는 만큼 증언을 해줄 동료가 없었고, 그만큼 더 조심해야만 하는 것이다.

"사실… 그건 잘못 된 행동이라네."

원래대로라면 웬 노인이 넋을 놓은 듯 가만히 서 있기만 한다면, 제정신이 아닌지 살피는 게 기본이었다.

게다가 첫 번째 금지로 꼽히는 숲의 존재를 떠올린다면, 그 주변을 서성이는 이들 중 상당수가 자살희망자일 수도 있는 만큼, 더더욱 다가가 대화를 나눠야만 했다.

"하지만 말했다시피, 당시에는 대가리에 똥만 그득해서 그런지, 혹시라도 잡힐까봐, 귀찮은 일이 발생할까봐, 냅다 달음박질로 그곳을 벗어나 버렸다네."

그러면서 한 차례 너털웃음을 터트린다. 다시 생각해도 민망했던 모양이었다.

하지만 그 와중에도 일말의 양심을 남아있었음일까?

"나모 모르게 뒤를 돌아봤지."

그리고 화들짝 놀라야만 했다. 그의 뒤를 바짝 따라오고 있는 그림자를 본 까닭이었다.

"허헛… 그분이었지."

가벼운 웃음과 함께 그의 두 눈이 살짝 감겼다. 마치, 당시를 회상하는 것 같은 모습이었다.

[신관이라는 놈이 대가리에 똥만 가득하구나.]

뜬금없는 이야기가 날아들었다.

"그리고… 악마를 봤다네."

순간, 세상이 검게 물들었고 시야 가득 붉은 그림자가 일렁거렸다.


❖ ✛ ❖


헤일러는 과거의 한 장면을 떠올리며 쓰게 웃었다.

'숲을 향한 공포심에, 괜한 곳에 화풀이를 해버렸었지.'

교황을 떠올린 까닭일까?

자연스레 그와의 첫 만남이 떠올라 버렸다.

[크라이드만!]

지금이야 에던의 이야기를 통해, 숲의 중심을 지키는 드래곤의 존재에 대해 알게 되었지만, 과거에는 그에 대해서 알지 못했었다.

때문에 크라이드만과의 만남 이후, 다시는 숲에 들어갈 생각을 할 수가 없었다.

하지만 세계수의 그 찬란함은 여전히 동공에 남아있었음에, 수시로 숲 주변을 맴돌며, 동공에 남아있는 잔상에 넋을 놓고는 했었다.

그러다가도 불쑥불쑥 떠오르는 크라이드만의 그림자에 몸을 떨며, 두려움의 잔영에 몸서리를 쳤던 것도 기억났다.

그렇게 한 달 남짓, 가만히 숲을 향한 길목에 서서 넋을 놓고 보냈다.

교황 프란트와의 만남은 그 시기에 이뤄진 것이었고, 그때문에 프란트가 보인 행동과 태도가 더욱 불쾌하게 다가온 것이기도 했다.

그 짜증과 기존의 두려움이 맞물리며, 그의 이성을 일부 잠식시켰다.

게다가 무려 한 달 남짓의 기간 동안, 못 먹고 못 잤던 까닭에, 정신력도 상당부분 고갈되어 있기도 했다.

그렇게 이성이 가라앉고, 감추고 숨겨놓았던 본질의 기운이 터져 나왔다.

[버서커의 광기!]

특히, 그 무렵이 '경계'를 헤매던 시기였던 만큼, 더더욱 광기의 제어가 어려웠던 걸지도 몰랐다.

꾸준히 숲을 방문했던 덕분에, 수련 혹은 고행의 길이 그에게 내려졌고, 덕분에 육신은 분명 별빛 너머의 괴력을 얻게 되었다.

하지만 버서커의 광기가 마지막 '선'을 허락하지 않았던 까닭에, 벽을 넘기 위한 경계에서 정신을 갉아 먹히고 있던 것이다.

크라이드만과의 만남은 이를 자극하기에 충분한 요소가 되어주었고, 프란트는 마지막 도화선 역할을 해 준 것이다.

"첫 만남이 너무 인상적이었지."

때문에 더더욱 성국으로 발길을 하기가 어려워진 것이기도 했다.

❖ ❖ ❖

지금도 꾸준히 떠오르는 악몽이며 두려움의 근원과도 같은 순간이었다.

"그분이 뿜어내던 그 거대한 '악의'는 대낮임에도 불구하고 하늘을 어둠으로 가리고, 세상을 붉은 핏빛으로 물들이는 것 같았다네."

그저 느낌이 아니라, 실제로 시야가 그리 변하기도 했었다.

"두려움에 눈물도 흘렸지."

오줌만 지린 게 아니었다. 온 몸으로 할 수 있는 모든 걸 내비치며 두려움을 표현한 것이다.

마치 영겁과도 같은 시간이 흘렀다.

"하지만 실제로는 눈 몇 번 깜빡일 정도로 짧았어."

공포심이 찰나를 영겁으로 늘린 것이다.

❖ ❖ ❖

한 순간 터져 나온 버서커의 광기가 사방으로 뻗어나갔다. 하지만 그 덕분이라고 해야 할까?

오히려 정신은 맑아지고 있었다.

내부 깊숙이 억누르기만 했던 광기가 밖으로 표출되면서, 내면에 한 점의 여유가 생긴 까닭이었다.

'뒤늦게 상황을 깨닫고, 급히 기운을 거둬들였지.'

허나 이미 상황은 늦은 뒤였다.

'눈물에 콧물 게다가 오줌까지. 아주 지릴 수 있는 건 다 지렸었지.'

헤일러는 지금도 선명하게 그려지는 프란트의 볼썽사납던 모습을 떠올리며, 한 차례 가볍게 실소를 터트렸다.

❖ ❖ ❖

"싸고 짜고 지리고… 아주 그때는 가관이었지."

워낙에 충격적인 경험이었고, 민망한 기억이었던 까닭일까?

"지금도 어제 일처럼 선명하군."

프란트는 그 말과 함께 허옇게 웃었다.

"잠시 정신을 잃었다가 다시금 눈을 떴을 때, 그분은 이미 떠나고 나 혼자 길거리에 누워있었지."

당시의 그 아찔한 경험은 이내 절대적인 기억이 되었고, 꾸준한 악몽이 되어 그를 괴롭히고 압박했다.

"한 10년 정도 그렇게 매일 밤마다 악몽을 꿨지."

매번 비명을 지르며 깨어나고는 했다.

"덕분에 한때는 눈 밑이 거뭇하게 죽어있어서, 별명이 '리치'로 붙여졌던 적도 있다네."

신관에게는 불명예스런 별명이기도 했다.

지나고 보니 그마저도 추억이었던지, 웃는 모습이 더없이 시원하게만 보였다.

"그분을 다시 만난 건, 성국에 다시 자리를 잡았을 무렵이었지."

40대가 되었다고 해서 무조건 외부로 도는 역할에서 제외되는 건 아니었지만, 당시 프란트의 모습은 지독한 악몽으로 인해 제대로 피로를 풀 수가 없던 까닭인지, 과할 정도로 피골이 상접한 상태였고, 그 때문에 40대를 넘는 순간 칼같이 성국에 안착할 수 있었다.

"뭐… 직급이야 말단이기는 했지만, 일단 떠돌이 신세는 면한거지."

그렇게 안착하고 났지만, 꾸준한 악몽과 비명성의 조합으로 인해, 그는 성국의 외진 곳에서도 유난히 인적이 드문 장소에 거처를 두고 자리를 잡아야만 했는데, 바로 그 같은 위치와 역할로 인해서 다시금 '만남'을 가질 수가 있었다.

"성국에도 '샛길'이라고 불리는 장소가 있는데, 나는 그곳을 관리하는 일을 하고 있었다네."

워낙 외진 장소에 위치한 '길'이었는데, 이는 성국을 비공식으로 찾는 이들을 위해 마련된 '통로'라고 할 수 있었다.

"그 통로의 주된 이용자는 '몽크'라고 불리는 이들이지."

이러한 역할 덕분일까?

"그분을 만나고, 그분의 위치도 알 수 있었다네."

설마하니 악마라고 여겼던 사내가 무려 몽크 '대법관'이었을 줄이야. 실제로 '특별한' 힘을 지니고 있기도 했다.

"정말… 상상도 못한 일이었어."

악마에게도 신이 깃들어 있던 것이다.

"그리고 이날을 기점으로 악몽은 변해갔지."

변함없이 꿈속에서 그는 악마를 만났다. 하지만 그 한편에서 빛의 그림자가 일렁이는 것도 보게 되었다.

"마치, 먹구름이 가득한 하늘 너머로 한 줄기 서광이 내리쬐는 느낌… 기분이랄까?"

조금씩 그렇게 점차적으로 어둠 속에서 빛은 형태를 갖춰나갔고, 그는 믿음을 얻게 되었다.

그리고 10년 남짓의 세월이 더 흘렀을 즈음,

"주변에서 나를 교황으로 추대하고 있더군."

기나긴 악몽 속에서 결국 한 줄기를 서광에 닿은 것이다.

〈12권에 계속〉

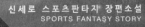

500홈런을 달성한 에이스 타자, 윤주혁.
한국인 최초로 명예의 전당에 오른 날.
영문도 모른 채 28년 전으로 돌아오다!

**'내가 꿈을 꾸고 있나?'**

100마일을 넘나드는 강속구.
조금의 피로도 느끼지 못하는 강철 체력.
그리고 전성기 시절의 타격 실력까지!

**과거로 돌아온 에이스.**

그런 그에게 주어진 천금 같은 기회.
윤주혁, 메이저리그 투타 겸업의 신화를 쓰다!